Verlag der Vampire

Darren Shan im Verlag der Vampire

Darren Shan und der Mitternachtszirkus
Darren Shan und die Freunde der Nacht
Darren Shan und die dunkle Stadt
Darren Shan und der Berg der Vampire
Darren Shan und die Prüfungen der Finsternis
Darren Shan und der Fürst der Vampire
Darren Shan und die Prophezeiungen der Dunkelheit
Darren Shan und die Verbündeten der Nacht

Darren Shan

... und die Verbündeten der Nacht

Roman

Aus dem Englischen von
Gerald Jung und Katharina Orgaß

Verlag der Vampire

Die englische Originalausgabe erschien 2002 unter dem Titel
ALLIES OF THE NIGHT
bei HarperCollins, London.

Besuchen Sie uns im Internet:
www.verlagdervampire.de

Ein Verlagsimprint der Droemerschen Verlagsanstalt
Th. Knaur Nachf. GmbH & Co., München
Gesetzt aus der 10,5/13 Punkt Stempel Garamond
Printed in Germany 2003
ISBN 3-7951-1825-5

2 4 5 3 1

Für:

Bas – meine Debbie Schierling

Der OBE (Orden der Blutigen Eingeweide)
geht an:
Davina »Bonnie« McKay

Qualitätskontrolle:
Gillie Russell & Zoë Clarke

Party Animals:
Der Christopher-Little-Clan

EINLEITUNG

Es herrschte Krieg. Nach sechshundert Jahren Frieden hatten Vampire und Vampyre zu den Waffen gegriffen und bekämpften einander unerbittlich und blutrünstig auf Leben und Tod. Begonnen hatte der so genannte Krieg der Narben mit dem Erscheinen des Lords der Vampyre. Er war ausersehen, seinem Volk zum glorreichen Sieg zu verhelfen – falls er nicht getötet wurde, bevor er vollständig angezapft war.

Laut Auskunft des geheimnisvollen, mächtigen Meister Schick war es nur drei Vampiren gegeben, den Lord aufzuhalten: dem Vampirfürsten Vancha March, dem ehemaligen Obervampir Mr. Crepsley und einem Halbvampir – mir, Darren Shan.

Meister Schick hatte prophezeit, dass wir den Weg des Vampyrlords insgesamt viermal kreuzen würden und dass wir bei jeder dieser Begegnungen das Schicksal des Vampirclans entscheiden könnten. Töteten wir den Lord, würden wir den Krieg der Narben gewinnen. Entkam er uns, würden die Vampyre den Sieg davontragen und unsere ganze Sippe für immer auslöschen.

Weiterhin hatte Meister Schick gesagt, wir dürften uns während unserer Mission nicht von anderen Vampiren helfen lassen, die Unterstützung von Nichtvampiren jedoch annehmen. Als Mr. Crepsley und ich (Vancha March stieß erst später zu uns) den Berg der Vampire verließen, der sechs Jahre unser Zuhause gewesen war, schloss sich uns allein Harkat Mulds an, ein missgestalteter, grauhäutiger Kleiner Kerl.

Unser erstes Ziel war die Höhle von Lady Evanna, einer überaus mächtigen Hexe. Sie besaß die Gabe, in die Zukunft zu blicken, verriet uns aber nur Folgendes: Sollte uns der Lord der Vampyre entkommen, würde nur ein Einziger von uns den Auftrag überleben.

Anschließend statteten wir dem Cirque du Freak einen Besuch ab, mit dem ich seinerzeit zusammen mit Mr. Crepsley umhergezogen war, nachdem er mich zu seinem Gehilfen gemacht hatte. Evanna begleitete uns dorthin. Kurz nach unserer Ankunft entdeckten wir in der Nähe des Zeltplatzes einen Trupp Vampyre. Es kam zu einem Gefecht, bei dem wir die meisten Feinde töteten. Nur zwei von ihnen konnten entwischen – ein Vollvampyr namens Gannen Harst und sein Diener, über den wir erst später herausfanden, dass er der verkleidete Lord der Vampyre war.

Es war für uns alle ein schwerer Schlag, als uns Evanna die wahre Identität von Gannen Harsts Diener enthüllte, doch Vancha traf es am härtesten, denn er hatte die beiden entkommen lassen. Gannen Harst war nämlich sein eigener Bruder. Daher hatte Vancha, ohne zu ahnen, dass Gannen der persönliche Leibwächter des Lords war, ihn ungeschoren davonkommen laufen lassen.

Wir konnten uns jedoch nicht lange mit Selbstmitleid aufhalten, außerdem blieben uns immer noch drei Chancen, unseren Todfeind aufzuspüren und ihm den Garaus zu machen, also setzten wir unsere Suche fort. Wir grämten uns nicht länger über die verpasste Gelegenheit, schärften unsere Klingen, sagten Evanna und unseren Freunden beim Cirque du Freak Lebewohl und machten uns wieder auf den Weg, entschlossener denn je, unseren Auftrag zu erfüllen …

TAGESBLATT
15. September

GRAUSIGE MORDNÄCHTE!!!

Unser bislang so verschlafenes Städtchen befindet sich im Ausnahmezustand. Im Zeitraum von nur sechs Monaten wurden elf Menschen brutal ermordet und ihre blutleeren Leichen an verschiedenen öffentlichen Orten abgelegt. Zahlreiche andere Bürger sind im Dunkel der Nacht spurlos verschwunden. Vielleicht liegen auch sie entseelt und unentdeckt in der Kanalisation und vermodern.

Die Behörden zeigen sich angesichts der grausigen Bluttaten ratlos. Sie halten die Morde nicht für das Werk eines Einzeltäters, können sie aber auch keinem bereits in Erscheinung getretenen Verbrecher zuordnen. Bei der größten Polizeiaktion in der Geschichte unserer Stadt wurden ein Großteil der ortsansässigen Verbrecherbanden gesprengt, zwielichtige Sektenführer unter Arrest gestellt und diverse Geheimbünde zerschlagen - leider ohne den geringsten Erfolg!

Darauf angesprochen, reagiert Hauptkommissarin Alice Burgess mit der üblichen Schroffheit. »Wir schuften bis zum Umfal-

len«, faucht sie. »Meine Leute schieben unbezahlte Überstunden. Drückeberger gibt es bei uns nicht. Wir schicken bewaffnete Streifen durch die Straßen und nehmen jeden fest, der auch nur entfernt verdächtig *aussieht.* Wir haben nach sieben Uhr abends ein Ausgangsverbot für Kinder verhängt und raten auch allen Erwachsenen, zu Hause zu bleiben. Falls Sie jemanden kennen, der meine Arbeit besser erledigen kann … ein Anruf genügt, und ich trete mit Freuden zurück.«
Beruhigende Worte - doch sie beruhigen niemanden. Unsere Mitbürger sind derlei leere Versprechungen leid. Niemand zweifelt an den ehrlichen Bemühungen der Polizei - und der Armee, die mittlerweile zu Hilfe gerufen wurde -, doch das Vertrauen der Bürger in die Fähigkeit der Behörden, der Sache ein Ende zu bereiten, ist auf dem Nullpunkt angelangt. Viele Einwohner verlassen die Stadt und ziehen so lange zu Verwandten oder ins Hotel, bis das Morden aufgehört hat.
»Ich habe Kinder«, erklärt uns Michael Corbett, 46, Inhaber eines Antiquariats. »Ich komme mir zwar etwas schäbig vor, einfach wegzulaufen, und mein Geschäft ist damit auch ruiniert, aber das Leben meiner Frau und meiner Kinder ist mir wichtiger. Die Polizei kann jetzt nicht mehr tun als vor

dreizehn Jahren. Wie damals bleibt uns nichts anderes übrig, als abzuwarten, bis das Ganze von selber aufhört. Dann kommen wir sofort zurück. Bis dahin wäre es meiner Meinung nach sträflicher Leichtsinn, hier zu bleiben.«

Mit diesem Hinweis auf die Vergangenheit spielt Mr. Corbett auf die Geschehnisse vor fast dreizehn Jahren an, als ein ähnliches Vorkommnis die Stadt in Angst und Schrecken versetzte. Damals entdeckten Jugendliche neun Leichen, die genauso grausam abgeschlachtet und blutleer waren wie die elf Opfer der jüngsten Mordserie.

Seinerzeit waren die Leichen jedoch sorgfältig versteckt worden und wurden erst lange nach ihrem Tod aufgefunden. Dieser Tage dagegen - oder besser *»dieser Nächte«*, denn sämtliche Opfer starben nach Sonnenuntergang - machen sich die Täter nicht die Mühe, die Spuren ihrer schändlichen Verbrechen zu verwischen. Fast hat man den Eindruck, sie seien stolz auf ihre Grausamkeit und deponierten die Leichen absichtlich an Orten, wo sie möglichst rasch entdeckt werden.

Viele Bürger sind davon überzeugt, dass von alters her ein tödlicher Fluch auf unserer Stadt liegt. »Ich rechne schon seit fünfzig Jahren mit einer derartigen Mordserie«, äußert sich Dr. Kevin Beisty, ein hier ansässiger Historiker und Experte auf dem Gebiet des Übersinnlichen. »Vor über hundertfünfzig Jahren wurden in dieser Stadt Vampire gesichtet, und für Vampire gilt eine Grundregel: Wenn sie an einem Ort einmal Gefallen gefunden haben, kommen sie zurück!«

KAPITEL 1

DÄMONEN DER NACHT

Vampire. Wäre Dr. Beisty der Einzige, der die Dämonen der Nacht beschuldigt, könnte man ihn als Spinner abtun. Doch inzwischen glauben auch viele andere, dass wir derzeit von Vampiren heimgesucht werden. Die Verfechter dieser Ansicht weisen darauf hin, dass die Morde ausnahmslos nachts stattfinden, dass die Leichen bis auf den letzten Blutstropfen ausgesaugt wurden (offenbar ohne medizinische Hilfsmittel) und, als wichtigstes Indiz, dass drei der Opfer während des Überfalls von versteckten Kameras fotografiert wurden, die Gesichter der Entführer jedoch *auf dem Filmmaterial nicht zu sehen sind!*

Hauptkommissarin Alice Burgess weist die Vampirtheorie weit von sich. »Glauben Sie wirklich, Graf Dracula geht wieder um?«, verspottete sie unseren Reporter. »Machen Sie sich doch nicht lächerlich! Wir leben im einundzwanzigsten Jahrhundert. Hinter diesen Mordfällen stecken irgendwelche Geisteskranken. Stehlen Sie mir mit solchen Schauergeschichten gefälligst nicht meine kostbare Zeit!«

Auf weitere Nachfrage ergänzte die Kommissarin: »Ich glaube nicht an Vampire, und ich bin absolut dagegen, dass Schwachköpfe wie Sie den Leuten solchen Blödsinn eintrichtern. Aber ich kann Ihnen eines versichern – ich werde alles tun, was nötig ist, um den Tätern einen Riegel vorzuschieben. Wenn ich dafür irgendeinem Verrückten, der sich für einen Vampir hält, einen Pfahl in die Brust rammen muss, dann tue ich auch das, selbst wenn mich das meinen Job und meine Freiheit kostet. Niemand wird sich der Verantwortung für diese Verbrechen entziehen, indem er auf Unzurechnungsfähigkeit plädiert. Für den Mord an elf braven Bürgern und Bürgerinnen gibt es nur eine Strafe – *den Tod!*
Dafür werde ich sorgen«, versprach Kommissarin Burgess mit einem entschlossenen Funkeln in den hellen Augen, das Professor Van Helsing zur Ehre gereicht hätte. »Und wenn ich die Täter bis nach Transsylvanien und wieder zurück verfolgen muss. Niemand, egal ob Mensch oder Vampir, entkommt dem Arm des Gesetzes! Richten Sie Ihren Lesern aus, dass ich ihre Peiniger dingfest machen werde. Darauf können sie wetten. Darauf können sie *ihren Kopf* verwetten ...«

Mr. Crepsley hob den Gullydeckel an und schob ihn zur Seite. Harkat und ich warteten unter ihm im Dunkeln. Der Vampir spähte die Straße hinab und zischte dann: »Die Luft ist rein.«

Wir folgten ihm die Eisenleiter hinauf ins Freie.
»Diese verdammte Kanalisation!«, fluchte ich und zog meine Schuhe aus, die von Wasser, Schlamm und anderen Flüssigkeiten, über die ich lieber nicht nachdenken wollte, völlig aufgeweicht waren. Im Hotel musste ich sie im Waschbecken ausspülen und zum Trocknen auf die Heizung stellen, so wie ich es seit nunmehr drei Monaten jeden Morgen machte.
»Ich schätze sie auch nicht besonders«, brummte Mr. Crepsley zustimmend und entfernte mit spitzen Fingern die Überreste einer toten Ratte aus den Falten seines langen roten Umhangs.
»Ich habe kein Problem damit«, kicherte Harkat. Er hatte gut reden – ohne Nase und Geruchssinn!
»Wenigstens sind wir so vor dem Regen geschützt«, gab Mr. Crepsley zu bedenken.
»Warten Sie noch vier Wochen«, erwiderte ich mürrisch. »Mitte Oktober stehen wir da unten bis zur Hüfte im Wasser.«
»Bis dahin haben wir mit den Vampyren längst kurzen Prozess gemacht«, widersprach mir mein früherer Meister ohne rechte Überzeugung.
»Das haben Sie schon vor zwei Monaten gesagt«, rief ich ihm in Erinnerung.
»Und letzten Monat auch«, fügte Harkat an.
»Sollen wir die Suche etwa abbrechen und die armen Leute den Vampyren ausliefern?«, fragte mein Lehrmeister ruhig.
Der Kleine Kerl und ich blickten einander an, dann

schüttelten wir die Köpfe. »Natürlich nicht«, seufzte ich. »Wir sind bloß total erledigt. Lasst uns ins Hotel zurückgehen, uns umziehen und etwas Warmes essen. Nach einem Tag Schlaf sieht die Welt wieder anders aus.«
Wir kletterten die Feuerleiter eines nahe gelegenen Gebäudes empor und machten uns über die Dächer der Stadt auf den Heimweg, um den patrouillierenden Polizisten und Soldaten auszuweichen.
Sechs Monate waren vergangen, seit uns der Lord der Vampyre entwischt war. Vancha war zum Berg der Vampire zurückgekehrt, um den Fürsten und Obervampiren Bericht zu erstatten, und noch nicht wieder zu uns gestoßen. Die ersten drei Monate waren Mr. Crepsley, Harkat und ich ohne bestimmtes Ziel umhergezogen. Dann hatten wir von der Verbrechensserie in Mr. Crepsleys ehemaliger Heimatstadt gehört, wo immer wieder Leichen ohne einen Tropfen Blut aufgefunden wurden. Die Zeitungen schrieben die Verbrechen Vampiren zu, doch wir wussten es besser. Schon vor geraumer Zeit hatten sich im Berg der Vampire die Hinweise verdichtet, dass sich in dieser Stadt Vampyre aufhielten. Diese Befürchtung schien sich nun zu bestätigen.
Mr. Crepsley fühlte sich den Einwohnern seiner Geburtsstadt noch immer verbunden. Zwar waren die Menschen, die er früher gekannt hatte, längst tot und begraben, doch er betrachtete ihre Enkel und Urenkel als seine Seelenverwandten. Schon einmal,

dreizehn Jahre zuvor, war er zusammen mit mir und Evra Von, einem Schlangenjungen aus dem Cirque du Freak, dorthin zurückgekehrt, um einem geisteskranken Vampyr namens Murlough das Handwerk zu legen, der in der Stadt sein Unwesen trieb. Nun, da sich das Ganze wiederholte, fühlte er sich erneut zum Eingreifen verpflichtet.

»Vielleicht sollte ich meine Gefühle lieber ignorieren«, hatte er eines Abends vor drei Monaten bei einer Lagebesprechung laut überlegt. »Wir müssen uns auf die Suche nach dem Lord konzentrieren. Ich darf meine persönlichen Wünsche nicht über unsere Mission stellen.«

»Nicht unbedingt«, widersprach ich ihm. »Meister Schick hat gesagt, um den Vampyrlord zu finden, sollten wir unserem Herzen folgen. Ihr Herz zieht Sie in Ihre Heimatstadt, und mein Herz sagt mir, ich soll Sie begleiten. Meiner Meinung nach sollten wir gehen.«

Harkat Mulds, ein Kleiner Kerl, der sprechen gelernt hatte, war ebenfalls dafür. Also machten wir uns auf in die Heimatstadt des Vampirs, um nachzusehen, was dort los war und ob wir irgendwie helfen konnten. Schon bald nach unserer Ankunft standen wir vor einem Rätsel. Zweifellos trieben in der Stadt Vampyre ihr Unwesen – wenn wir richtig geschätzt hatten, mindestens drei oder vier –, aber waren sie nun Teil einer Streitmacht oder einfach nur bösartige Verrückte? Als Angehörige einer Armee hätten sie vorsichtiger gehandelt – normale Vampyre lassen die Leichen ihrer Opfer nicht einfach liegen, sodass sie von den Menschen gefunden werden. Geisteskranke Vampyre hingegen hätten sich nicht so raffiniert versteckt. Nach drei Monaten unablässiger Suche hatten wir in der Kanalisation unter der Stadt nicht eine einzige Spur von ihnen entdeckt.

Endlich betraten wir unser Hotelzimmer durchs Fenster. Wir hatten zwei Zimmer im obersten Stockwerk gewählt, damit wir nachts unbemerkt durchs Fenster kommen und gehen konnten. Mit unserer verdreckten, durchnässten Kleidung hätten wir unten im Foyer bloß unnötiges Aufsehen erregt. Je weniger wir uns zu ebener Erde fortbewegten, desto besser, denn die ganze Stadt befand sich in Alarmbereitschaft. Polizisten und Soldaten patrouillierten auf den Straßen und nahmen jeden fest, der irgendwie verdächtig aussah.

Mr. Crepsley und Harkat benutzten die beiden Bäder zuerst, ich zog mich aus und wartete auf das erste, das frei wurde. Wir hätten auch drei Zimmer belegen können, damit jeder ein eigenes Bad hatte, waren jedoch zu dem Schluss gekommen, dass sich Harkat so wenig wie möglich zeigen sollte. Mr. Crepsley und ich konnten noch für Menschen durchgehen – der missgestaltete, narbenübersäte Harkat nicht.

Als ich so am Fußende des Bettes hockte, wäre ich beinahe im Sitzen eingeschlafen. Wir hatten drei lange, aufreibende Monate hinter uns. Nacht für Nacht streiften wir auf der Suche nach Vampyren über die Dächer und durch die Kanalisation der Stadt und mussten dabei auch noch Polizisten, Soldaten und verängstigten Bürgern ausweichen, von denen viele Gewehre und andere Waffen bei sich trugen. Wir waren alle drei völlig ausgelaugt, doch elf Menschen waren schon gestorben – so lautete jedenfalls die offizielle Zahl –, und weitere würden ihr Leben lassen, wenn wir nicht am Ball blieben.

Um nicht einzuschlafen, stand ich auf und ging im Zimmer auf und ab. Manchmal nickte ich tatsächlich ein, bevor ich gebadet hatte. Wenn ich dann am nächsten Morgen stinkend, verschwitzt und klebrig aufwachte, fühlte ich mich wie ausgekotzt.

Ich rief mir meinen ersten Aufenthalt in dieser Stadt ins Gedächtnis. Damals war ich um einiges jünger gewesen und hatte mich erst an mein neues Leben als Halbvampir gewöhnen müssen. Hier hatte ich auch meine erste und bislang einzige Freundin kennen gelernt, ein Mädchen namens Debbie Schierling. Sie hatte dunkle Haut gehabt, volle Lippen und strahlende Augen. Ich wäre gern länger mit ihr zusammen gewesen. Doch die Pflicht rief, der verrückte Vampyr war zur Strecke gebracht, und das Leben hatte uns wieder auseinander gewirbelt.

In der Hoffnung, Debbie womöglich wieder zu sehen, war ich schon ein paarmal an ihrem Elternhaus vorbeigegangen. Doch inzwischen wohnten dort andere Leute, nichts erinnerte mehr an die Familie Schierling. Vielleicht war es ganz gut so. Als Halbvampir alterte ich nur ein Fünftel so schnell wie ein Mensch, und obwohl es fast dreizehn Jahre her war, seit ich Debbie geküsst hatte, hatte ich mich äußerlich kaum verändert. Debbie dagegen musste inzwischen eine erwachsene Frau sein. Eine Begegnung wäre für uns beide wohl ziemlich verwirrend gewesen.

Die Verbindungstür zwischen den beiden Schlafzimmern öffnete sich, und heraus kam Harkat, in ein großes Hotelhandtuch gehüllt. »Bad ist frei«, verkündete er und trocknete sich den kahlen, grauen, narbigen Kopf ab, wobei er Acht gab, nicht versehentlich mit dem Handtuchzipfel in seine grünen, lidlosen Augen zu kommen.

»Danke, Plüschohr«, erwiderte ich grinsend, als ich an ihm vorbeiging. Das war ein eingespielter Witz zwischen uns, denn wie alle Kleinen Leute besaß Harkat zwar Ohren, doch sie waren von außen nicht zu sehen, da sie zu beiden Seiten seines Kopfes unter die Haut eingenäht waren.

Harkat hatte sein Badewasser ausgelassen, den Stöpsel wieder eingesteckt und frisches heißes Wasser einlaufen lassen. Als ich hereinkam, war die Wanne fast voll. Ich prüfte die Temperatur, fügte einen Schuss kaltes Wasser hinzu, drehte die Hähne zu und ließ mich hineingleiten – himmlisch! Ich wollte die Hand heben, um mir eine widerspenstige Locke aus den Augen zu streichen, doch mein Arm war bleischwer, so müde war ich. Daher lehnte ich mich wieder zurück und beschloss, ein paar Minuten so liegen zu bleiben. Die Haare konnte ich mir später waschen. Im warmen Wasser liegen ... mich einfach entspannen ... nur ein paar Minuten ... das würde ... Mitten in dieser Überlegung schlief ich ein. Als ich aufwachte, war es schon wieder Nacht, und ich war am ganzen Körper blau gefroren, weil ich den ganzen Tag in einer Wanne mit eiskaltem, schmutzigem Wasser verbracht hatte.

KAPITEL 2

Wieder einmal kehrten wir nach einer langen, erfolglosen Nacht ins Hotel zurück. Wir wohnten immer noch im selben Hotel wie bei unserer Ankunft. Eigentlich hatten wir vorgehabt, die Unterkunft alle paar Wochen zu wechseln, doch die Suche nach den Vampyren hatte uns so sehr in Anspruch genommen, dass wir nicht mehr die Kraft gehabt hatten, uns nach einer neuen Bleibe umzusehen. Sogar der zähe Harkat Mulds, der wenig Schlaf brauchte, legte sich mittlerweile jeden Tag vier oder fünf Stunden hin.

Nach einem heißen Bad fühlte ich mich besser und schaltete den Fernseher ein, um zu hören, ob es Neuigkeiten hinsichtlich der Mordfälle gab. Ich stellte fest, dass es Donnerstagmorgen war (Vampire haben aufgrund ihrer Lebensweise ein schlechtes Zeitgefühl, und ich bekam kaum mit, welchen Tag wir hatten) und dass keine neuen Leichen entdeckt worden waren. Den letzten Toten hatte man vor zwei Wochen gefunden. Allmählich wagten die Einwohner der Stadt zu hoffen, die Herrschaft des Schreckens habe ein Ende gefunden. Ich persönlich war skeptisch, klopfte aber für alle Fälle dreimal auf Holz, bevor ich den Fernseher ausmachte und in mein einladendes Bett schlüpfte.

Kurz darauf wurde ich unsanft wachgerüttelt. Helles Licht drang durch die dünnen Vorhänge, und ich wusste sofort, dass es Mittag oder früher Nachmittag war, jedenfalls entschieden zu früh, um ans Aufstehen auch nur zu denken. Mit einem unwilligen Grunzen richtete ich mich auf und sah, dass sich ein ängstlich aussehender Harkat über mich beugte.
»Wass'n los?«, ächzte ich und rieb mir den Schlaf aus den Augen.
»Jemand klopft … an deine Tür«, zischelte Harkat.
»Sag ihm, er soll weggehen«, brummte ich – oder so was in der Art.
»Das wollte ich ja, aber …« Harkat stockte.
»Wer ist es denn?« Allmählich schwante mir Unheil.
»Ich weiß nicht. Ich habe *meine* Tür einen Spaltbreit geöffnet … und nachgesehen. Er gehört nicht zum Hotelpersonal, obwohl er … einen Angestellten dabeihat. Es ist ein kleiner Mann mit einer großen … Aktentasche, und er …« Wieder brach der Kleine Kerl ab. »Am besten siehst du selber nach.«
Als es erneut ungeduldig klopfte, rappelte ich mich auf und huschte in Harkats Zimmer hinüber. Mr. Crepsley schlummerte tief und fest in einem der beiden Betten. Wir schlichen auf Zehenspitzen an ihm vorbei und öffneten die Tür einen winzigen Spalt.

Einen der Männer auf dem Gang kannte ich – er saß tagsüber unten am Empfang –, den anderen hatte ich noch nie gesehen. Wie Harkat ihn beschrieben hatte, war er ziemlich klein und dünn und hatte eine große schwarze Aktentasche unter dem Arm. Er trug einen dunkelgrauen Anzug, schwarze Schuhe und auf dem Kopf eine altmodische Melone. Er runzelte ärgerlich die Stirn. Als er abermals die Hand zum Klopfen hob, zogen wir die Tür leise wieder zu.

»Sollen wir aufmachen?«, wandte ich mich an den Kleinen Kerl.

Harkat nickte. »Er sieht nicht aus, als ob er ... weggeht, wenn wir ... uns nicht drum kümmern.«

»Wer kann das bloß sein?«

»Ich weiß nicht, aber ich finde, er sieht irgendwie ... offiziell aus. Vielleicht ist er von der Polizei oder vom Militär.«

»Du glaubst doch nicht etwa, die wissen Bescheid über ...?« Ich deutete mit dem Kinn auf den schlafenden Vampir.

»Dann hätten sie ... nicht bloß einen geschickt«, meinte Harkat.

Ich dachte kurz nach, dann fasste ich einen Entschluss. »Ich sehe nach, was er will. Aber ich lasse ihn nur rein, wenn es sich gar nicht vermeiden lässt. Ich will nicht, dass jemand hier rumschnüffelt, solange Mr. Crepsley schläft.«

»Soll ich hier bleiben?«

»Ja, aber warte an der Verbindungstür und mach sie nicht zu. Ich rufe dich, wenn ich dich brauche.«
Harkat ging seine Axt holen und ich zog mir rasch Hemd und Hose über. Dann trat ich an die Tür, öffnete sie jedoch nicht, sondern räusperte mich und rief mit gespielter Verwunderung: »Wer ist da?«
Die Antwort kam sofort. Mit einer Stimme, die wie das Kläffen eines kleinen Hundes klang, fragte der Mann mit der Aktentasche zurück: »Mr. Horston?«
»Nein«, sagte ich mit einem unterdrückten Seufzer der Erleichterung. »Da sind Sie falsch.«
»Ach ja?« Es klang überrascht. »Ist das nicht das Zimmer von Mr. Vur Horston?«
»Nein, hier ...« Ich verstummte erschrocken. Ich hatte die falschen Namen ganz vergessen, unter denen wir uns eingetragen hatten! Mr. Crepsley hatte sich als Vur Horston ausgegeben und mich als seinen Sohn. (Harkat war unbemerkt hereingeschlüpft, als gerade niemand hinsah.) »Äh, ich meine natürlich«, sagte ich hastig, »das hier ist *mein* Zimmer, nicht das von meinem Vater. Ich bin Darren Horston, der Sohn.«
»Ah ja.« Ich spürte trotz der Tür zwischen uns, dass der Mann lächelte. »Ausgezeichnet. Deinetwegen bin ich nämlich hier. Ist dein Vater auch da?«
»Er ...« Ich zögerte. »Was geht Sie das an? Wer sind Sie überhaupt?«
»Wenn du aufmachst und mich hereinlässt, erkläre ich es dir.«

»Erst will ich wissen, wer Sie sind«, gab ich zurück. »Es sind unsichere Zeiten. Mein Vater hat mir verboten, Fremden die Tür aufzumachen.«

»Ah ja. Ausgezeichnet«, sagte der kleine Mann wieder. »Natürlich sollst du keinem Unbekannten die Tür aufmachen, entschuldige bitte. Darf ich mich vorstellen – ich bin Mr. Blaws.«

»Blores?«

»B-l-a-w-s«, buchstabierte er geduldig.

»Und was wollen Sie, Mr. Blaws?«

»Ich komme vom Schulamt«, sagte er. »Ich wollte mich erkundigen, warum du nicht in der Schule bist.«

Die Kinnlade fiel mir fast bis auf die Zehen.

»Darf ich hereinkommen, Darren?«, fragte Mr. Blaws noch einmal. Als ich nicht antwortete, klopfte er erneut und säuselte: »Darrrennn?«

»Äh … einen Augenblick, bitte«, brachte ich heraus. Dann drehte ich mich um und lehnte mich mit dem Rücken gegen die Tür. Was um alles in der Welt sollte ich nun machen?

Schickte ich den Beamten wieder weg, würde er mit Verstärkung wiederkommen. Also öffnete ich die Tür und ließ ihn herein. Sobald der Hotelangestellte sah, dass alles in Ordnung war, ging er wieder und ließ mich mit dem seriös aussehenden Mr. Blaws allein. Der kleine Mann stellte die Aktentasche auf den Boden, nahm den Hut ab, hielt ihn mit der Linken auf den Rücken und schüttelte mir mit der

Rechten die Hand. Dabei musterte er mich aufmerksam. Auf meinem Kinn zeigte sich ein Anflug von Bartstoppeln, mein Haar war lang und zottelig, und mein Gesicht wies noch immer kleine Narben und Verbrennungsspuren von meinen mittlerweile sieben Jahre zurückliegenden Einweihungsprüfungen auf.

»Du siehst ziemlich erwachsen aus«, kommentierte Mr. Blaws und nahm unaufgefordert Platz. »Sehr reif für einen Fünfzehnjährigen. Vielleicht liegt es an den Haaren. Ein Frisörbesuch und eine Rasur könnten da sicher Abhilfe schaffen.«

»Kann sein ...« Ich hatte keine Ahnung, wie er darauf kam, dass ich fünfzehn war, und ich war zu durcheinander, um ihn zu berichtigen.

»Also!«, sagte er munter, legte den Hut weg und hievte sich die schwere Aktentasche auf den Schoß. »Ist Mr. Horston, dein Vater, da?«

»Äh ... ja. Er ... schläft grade.« Ich hatte Schwierigkeiten, zusammenhängend zu sprechen.

»Ach richtig. Ich hatte ganz vergessen, dass er im Schichtdienst arbeitet. Vielleicht sollte ich zu einem passenderen Zeitpunkt noch einmal ...« Er brach ab, öffnete die Tasche, förderte ein Blatt Papier zutage und studierte es so gründlich wie ein historisches Schriftstück. »Ah ja«, sagte er. »Unmöglich. Zu viele Termine. Du musst ihn leider wecken.«

»Äh ... okay. Ich geh mal ... nachsehen, ob er ...« Ich eilte ins Nebenzimmer und rüttelte den Vampir an der Schulter. Harkat machte mir schweigend Platz. Er hatte alles mit angehört und war genauso verwirrt wie ich.

Mr. Crepsley öffnete ein Auge, stellte fest, dass es Tag war, und klappte das Auge wieder zu. »Brennt es, oder was?«, brummte er.

»Nein.«

»Dann verschwinde und ...«

»In meinem Zimmer sitzt ein Mann. Vom Schulamt. Er kennt unsere Namen, jedenfalls die Namen, unter denen wir uns eingetragen haben, und er hält mich für fünfzehn. Er will wissen, warum ich nicht in der Schule bin.«

Der Vampir sprang wie angestochen aus dem Bett. »Was soll das denn?«, schnaubte er. Er hastete zur Tür, blieb stehen und kam langsam wieder zurück. »Hat er sich ausgewiesen?«

»Er hat sich als Mr. Blaws vorgestellt.«

»Vielleicht ist es ein Vorwand.«

»Das glaube ich nicht. Der Typ vom Empfang hat ihn begleitet. Er hätte ihn nicht heraufgelassen, wenn er ein Betrüger wäre. Außerdem *sieht er aus* wie ein Beamter.«

»Das Aussehen kann täuschen«, erwiderte Mr. Crepsley.

»Diesmal nicht«, sagte ich. »Ist wohl besser, Sie ziehen sich jetzt an und kommen mit rüber.«

Der Vampir zögerte, dann nickte er kurz. Ich ging wieder in mein Zimmer und machte die Vorhänge zu. Mr. Blaws beobachtete mich verwundert. »Mein Vater har sehr empfindliche Augen«, erklärte ich ihm. »Deshalb arbeitet er auch lieber nachts.«

»Ah ja«, sagte Mr. Blaws. »Ausgezeichnet.«

Dann schwiegen wir und warteten auf das Erscheinen meines »Vaters«. Mir war nicht wohl dabei, stumm neben einem Fremden zu sitzen, doch der kleine Mann schien sich wie zu Hause zu fühlen. Als Mr. Crepsley endlich eintrat, erhob sich Mr. Blaws und schüttelte ihm die Hand, ohne dabei seine Aktentasche loszulassen. »Mr. Horston«, begrüßte er ihn überschwänglich. »Ist mir ein Vergnügen!«

»Ganz meinerseits.« Mr. Crepsley lächelte flüchtig, ließ sich so weit wie möglich vom Fenster entfernt auf einem Stuhl nieder und zog den roten Umhang eng um sich.

»Also!«, sagte Mr. Blaws nach einer kurzen Pause aufmunternd. »Was ist mit unserem jungen Freund hier los?«

»Was mit ihm los ist?« Der Vampir blinzelte verblüfft. »Nichts.«

»Wieso geht er dann nicht zur Schule, wie die anderen Jungen und Mädchen in seinem Alter?«

»Darren geht nicht zur Schule«, antwortete Mr. Crepsley, als hätte er es mit einem Schwachsinnigen zu tun. »Warum sollte er?«

Mr. Blaws war verdutzt. »Nun, um etwas zu lernen, Mr. Horston, wie alle anderen Fünfzehnjährigen.«

»Darren ist nicht …«, setzte Mr. Crepsley an. »Woher wissen Sie, wie alt er ist?«, fragte er misstrauisch.
»Natürlich aus seiner Geburtsurkunde«, lachte der Beamte.
Mr. Crepsley sah fragend zu mir herüber, doch ich war genauso perplex wie er und zuckte bloß hilflos die Schultern. »Und woher haben Sie die?«
Mr. Blaws sah uns befremdet an. »Die Geburtsurkunde haben Sie den übrigen Formularen beigefügt, als Sie Ihren Sohn im Mahler angemeldet haben.«
»Im *Mahler*?«, wiederholte der Vampir verständnislos.
»In der Schule, die Sie für Darren ausgesucht haben.«
Mr. Crepsley sank auf seinen Stuhl zurück und ließ diese Mitteilung auf sich wirken. Dann bat er darum, die Geburtsurkunde und die »übrigen Formulare« sehen zu dürfen. Mr. Blaws griff wieder in seine Tasche und fischte eine Aktenmappe heraus. »Bitte sehr«, sagte er. »Geburtsurkunde, Zeugnisse der vorigen Schule, ärztliche Atteste, das Anmeldeformular, das Sie seinerzeit ausgefüllt haben. Alles vorhanden, alles korrekt.«
Mr. Crepsley schlug die Mappe auf, blätterte sie durch, betrachtete die Unterschriften auf einem der Formulare und reichte die Unterlagen anschließend an mich weiter. »Schau selber rein«, sagte er. »Sieh nach, ob alles … *korrekt* ist.«
War es natürlich nicht. Schließlich war ich weder

fünfzehn, noch hatte ich kürzlich eine Schule besucht, und seit ich zu den Untoten gehörte, war ich auch nicht mehr beim Arzt gewesen, doch die Papiere waren lückenlos. Sie belegten den vollständigen Lebenslauf eines Fünfzehnjährigen namens Darren Horston, der diesen Sommer mit seinem Vater, welcher wiederum im städtischen Schlachthof Nachtschicht arbeitete, in die Stadt gezogen war, und so weiter.

Mir stockte der Atem. Auf diesem Schlachthof waren wir vor nunmehr dreizehn Jahren dem wahnsinnigen Vampyr Murlough zum ersten Mal begegnet!

»Da!«, keuchte ich und hielt Mr. Crepsley das betreffende Blatt hin, doch er wischte es mit einer Handbewegung beiseite.

»Hat das alles seine Richtigkeit?«, fragte er.

»Aber selbstverständlich«, bestätigte Mr. Blaws. »Schließlich haben Sie die Formulare selbst ausgefüllt.« Seine Augen wurden schmal. »Oder etwa nicht?«

»Aber klar doch«, kam ich Mr. Crepsley zuvor. »Entschuldigen Sie, aber wir sind ein bisschen neben der Spur. Wir haben eine anstrengende Woche hinter uns. Äh ... familiäre Probleme.«

»Ah ja. Deshalb bist du also nicht im Mahler erschienen.«

»Genau.« Ich zwang mich zu einem Lächeln. »Wir hätten Sie anrufen und Ihnen Bescheid geben sollen. Vergessen. Tschuldigung.«

»Kein Problem«, erwiderte Mr. Blaws und nahm die Mappe wieder an sich. »Ich bin froh, dass es nur das ist. Wir hatten schon Befürchtungen, dir sei etwas zugestoßen.«

»Nein«, sagte ich und warf Mr. Crepsley einen scharfen Blick zu, der besagte: Spielen Sie gefälligst mit! »Mir ist nichts zugestoßen.«

»Ausgezeichnet. Dann kommst du also am Montag?«

»Am Montag?«

»Morgen zu kommen, lohnt sich nicht mehr, schließlich ist übermorgen Wochenende. Sei Montag bitte etwas früher da, dann bekommst du deinen Stundenplan und eine kleine Führung durch das Gebäude. Frag einfach nach …«

»Verzeihung«, fiel ihm der Vampir ins Wort, »aber Darren wird am Montag weder in Ihre noch in irgendeine andere Schule gehen.«

»Ach nein?« Mr. Blaws runzelte die Stirn und schloss sorgfältig seine Aktentasche. »Ist er etwa bei einer anderen Schule angemeldet?«

»Nein. Darren braucht nicht zur Schule zu gehen. *Ich* unterrichte ihn.«

»Tatsächlich? Aber in den Formularen ist nirgends aufgeführt, dass Sie ausgebildeter Pädagoge sind.«

»Ich bin auch kein …«

»Dann sind wir uns doch wohl einig«, fuhr Blaws unbeirrt fort, »dass nur ein ausgebildeter Pädagoge

Privatunterricht erteilen kann.« Er bleckte lächelnd die Zähne wie ein Hai. »Nicht wahr, Mr. Horston?«
Mr. Crepsley wusste nicht, was er darauf sagen sollte. Er kannte sich mit dem modernen Schulsystem nicht aus. Zu seiner Zeit blieb es den Eltern überlassen, was sie mit ihren Kindern anstellten. Ich beschloss, die Sache selbst in die Hand zu nehmen.
»Mr. Blaws?«
»Ja, Darren?«
»Was passiert denn, wenn ich nicht im Mahler erscheine?«
Er rümpfte missbilligend die Nase. »Wenn du dich an einer anderen Schule anmeldest und mir die entsprechenden Unterlagen zukommen lässt, ist alles in Ordnung.«
»Und, nur mal rein theoretisch, wenn ich mich an gar keiner Schule anmelde?«
Mr. Blaws lachte. »Bei uns besteht allgemeine Schulpflicht. Wenn du sechzehn bist, kannst du machen, was du willst, aber die nächsten ...« Er öffnete die Aktentasche wieder und sah in seinem Hefter nach. »... sieben Monate bist du noch zum Schulbesuch verpflichtet.«
»Was ist, wenn ich mich weigere?«
»Dann schicken wir einen Sozialarbeiter vorbei, um festzustellen, woran es liegt.«
»Angenommen, wir würden Sie bitten, meine Anmeldung zu zerreißen und zu vergessen, dass es mich gibt. Wir könnten ja behaupten, dass mich

mein Vater versehentlich angemeldet hat, was passiert dann?«
Mr. Blaws trommelte mit den Fingern auf seinen Hut. Derart absurde Fragen war er nicht gewohnt, und er wusste offensichtlich nicht, was er von uns halten sollte. »Amtliche Formulare zerreißt man nicht, Darren«, kicherte er verlegen.
»Aber es könnte doch sein, dass wir sie Ihnen aus Versehen geschickt haben und die Angelegenheit nun rückgängig machen wollen.«
Mr. Blaws schüttelte entschieden den Kopf. »Bevor dein Vater und du mit uns Kontakt aufgenommen habt, wussten wir nichts von deiner Existenz, aber jetzt sind wir für dich verantwortlich. Sollten wir auch nur annehmen, dass du keine ordentliche Ausbildung erhältst, müssten wir dich suchen lassen.«
»Das heißt, Sie würden Ihre Sozialarbeiter vorbeischicken?«
»Zuerst die Sozialarbeiter«, bestätigte er, dann sah er uns mit funkelnden Augen an. »Aber wenn du es denen allzu schwer machst, wären wir gezwungen, die Polizei zu informieren, und wer weiß, wohin das führen würde.«
Ich nahm seine Auskunft zur Kenntnis, nickte finster und drehte mich nach Mr. Crepsley um. »Du weißt, was das bedeutet, Papa?« Der Vampir erwiderte verunsichert meinen Blick. »Ab nächste Woche darfst du mir jeden Tag Schulbrote schmieren!«

KAPITEL 3

»Aufdringlicher, eingebildeter, dummer, kleiner …« Mr. Crepsley tigerte fluchend im Hotelzimmer auf und ab. Der Beamte war gegangen und Harkat hatte sich wieder zu uns gesellt. Durch die dünne Verbindungstür hatte er alles mitbekommen, doch er wurde aus der Sache auch nicht schlauer als wir. »Heute Nacht schnappe ich mir den Kerl und sauge ihn aus«, schwor Mr. Crepsley. »Das wird ihn lehren, seine Nase in fremder Leute Angelegenheiten zu stecken!«

»Ihr Gerede bringt uns auch nicht weiter«, seufzte ich. »Wir müssen unseren Grips anstrengen.«

»Wer sagt denn, dass es Gerede ist?«, konterte Mr. Crepsley. »Er hat uns seine Telefonnummer dagelassen. Ich brauche nur seine Adresse herauszufinden, und schon …«

»Es ist eine Handynummer«, unterbrach ich ihn entnervt. »Damit kann man keine Adresse herausfinden. Außerdem: Was bringt es uns, ihn abzumurksen? Er hat bestimmt einen Stellvertreter. Wir sind jetzt aktenkundig. Mr. Blaws ist nur der Ausführende.«

»Wir könnten umziehen«, schlug Harkat vor. »Uns ein neues Hotel suchen.«
»Nein«, erwiderte der Vampir. »Er hat uns gesehen und würde unsere Personenbeschreibungen an die Medien geben. Damit würde alles nur noch komplizierter.«
»Ich wüsste zu gern, *wie* diese Unterlagen an ihn gelangt sind«, sagte ich. »Die Unterschriften auf den Formularen waren zwar nicht von uns, aber sie waren verdammt gut getroffen.«
»Stimmt«, brummte der Vampir. »Keine Meisterfälschung, aber durchaus überzeugend.«
»Könnte es sich nicht um ein … Missverständnis handeln?«, fragte Harkat. »Vielleicht haben ein anderer Vur Horston und sein Sohn … die Unterlagen eingereicht, und man hat euch bloß mit ihnen verwechselt.«
Ich schüttelte den Kopf. »Als Adresse war dieses Hotel eingetragen, sogar die Zimmernummern stimmten. Außerdem …« Ich berichtete ihnen von der Erwähnung des Schlachthofs.
Mr. Crepsley blieb wie angewurzelt stehen. *»Murlough!«*, zischte er. »Ich hatte gehofft, ich könnte diesen unerfreulichen Vorfall ein für alle Mal vergessen.«
»Das verstehe ich nicht«, warf Harkat ein. »Was hat diese Angelegenheit mit Murlough zu tun? Wollen Sie damit sagen … er ist noch am Leben und … hat euch bloß etwas vorgespielt?«

»Nein. Murlough ist eindeutig tot. Aber irgendjemand muss mitbekommen haben, dass wir ihn getötet haben. Und dieser Jemand hat höchstwahrscheinlich auch die Leute auf dem Gewissen, die in letzter Zeit umgebracht wurden.« Der Vampir sank auf einen Stuhl und strich sich über die lange Narbe auf der linken Wange. »Es ist eine Falle.«

Wir schwiegen betroffen.

»Das kann nicht sein«, sagte ich schließlich. »Wie hätten die Vampyre von Murloughs Tod erfahren sollen?«

»Salvatore Schick«, sagte Mr. Crepsley düster. »*Er* wusste über unseren Zusammenstoß mit Murlough Bescheid. Offenbar hat er es den Vampyren weitererzählt. Aber ich begreife trotzdem nicht, wieso sie Darrens Geburtsurkunde und seine Schulzeugnisse gefälscht haben. Wenn sie so gut über uns und unseren Aufenthaltsort informiert sind, hätten sie uns einfach anständig und ohne großes Federlesen um die Ecke bringen können, wie es Vampyrart ist.«

»Stimmt. Man bestraft einen Mörder nicht, indem man ihn zur Schule schickt. Allerdings ...«, setzte ich hinzu und entsann mich meiner lange zurückliegenden Schulzeit, »verglichen mit einer Doppelstunde Physik oder Chemie an einem Donnerstagnachmittag scheint einem der Tod manchmal fast das bessere Los.«

Wieder schwiegen wir lange. Harkat räusperte sich schließlich zuerst. »Es klingt verrückt«, meinte der

Kleine Kerl, »aber vielleicht hat Mr. Crepsley die Formulare ja *tatsächlich* ausgefüllt.«

»Wie bitte?«, sagte ich.

»Vielleicht hat er es … im Schlaf getan.«

»Du glaubst doch nicht im Ernst, dass er *im Schlaf* eine Geburtsurkunde und ein paar Zeugnisse verfasst und das Ganze an eine Schule geschickt hat?« Harkats Einfall entlockte mir nicht einmal ein müdes Lächeln.

»So was gibt es«, nuschelte Harkat. »Erinnerst du dich an Pasta O'Malley … beim Cirque du Freak? Er hat im Schlaf ganze Bücher gelesen. Er wusste zwar nicht mehr, dass er sie gelesen hatte, aber er … konnte einem jede Frage über den Inhalt beantworten.«

»An Pasta hatte ich gar nicht gedacht«, gab ich zu. Womöglich war Harkats Idee doch nicht so abwegig.

»Ich kann diese Formulare unmöglich ausgefüllt haben«, sagte Mr. Crepsley stur.

»Es ist ziemlich unwahrscheinlich«, stimmte ihm Harkat zu, »aber im Schlaf … tun wir manchmal seltsame Dinge. Vielleicht haben Sie …«

»Nein. Du verstehst mich falsch. Ich kann es nicht gewesen sein, weil …« Er wandte verlegen den Blick ab. »… weil ich nicht lesen und schreiben kann.«

Der Kleine Kerl und ich glotzten ihn mit offenen Mündern an, als hätte er sich plötzlich in eine Missgeburt mit zwei Köpfen verwandelt.

»Na klar können Sie lesen und schreiben!«, blaffte ich dann. »Sie haben doch unten am Empfang unterschrieben.«

»Unterschreiben ist kein Kunststück«, bestätigte der Vampir gekränkt. »Ich kann auch Zahlen lesen und erkenne bestimmte Wörter wieder. Im Kartenlesen bin ich sogar ziemlich gut. Aber richtig lesen und schreiben ...«

»Wie kommt das?«, fragte ich verständnislos.

»In meiner Jugend herrschten andere Sitten. Das Leben war noch nicht so kompliziert, nicht jeder musste die Schriftsprache können. Ich war das fünfte Kind einer armen Familie und musste schon mit acht Jahren arbeiten.«

»Aber ... aber ...« Anklagend zeigte ich mit dem Finger auf ihn. »Sie haben mir erzählt, dass Sie Shakespeares Dramen und Gedichte mögen!«

»Das ist auch nicht gelogen. Evanna hat mir im Lauf der Jahre seine gesammelten Werke vorgelesen. Dazu Wordsworth, Keats, Joyce und viele andere Klassiker. Ich habe oft versucht, mir das Lesen beizubringen, aber es ist mir nicht gelungen.«

»Das ist ja ... ich ... Warum haben Sie mir das nie erzählt?« Ich war wütend. »Wir kennen uns jetzt seit fünfzehn Jahren, und Sie haben es mit keiner Silbe erwähnt!«

Der Vampir zuckte die Achseln. »Ich dachte immer, du wüsstest es. Viele Vampire sind Analphabeten. Deshalb ist auch nur ein Bruchteil unserer Geschichte und unserer Gesetze schriftlich festgehalten – die meisten von uns können sowieso nicht lesen.«

Immer noch verärgert schüttelte ich den Kopf. Doch dann schob ich das Geständnis des Vampirs beiseite und konzentrierte mich wieder auf vordringlichere Probleme. »Damit wäre jedenfalls bewiesen, dass Sie die Formulare nicht ausgefüllt haben. Wer war es dann und was sollen wir jetzt machen?«

Darauf wusste Mr. Crepsley auch keine Antwort, doch Harkat hatte eine Idee. »Und wenn es Meister Schick war? Er stiftet gern ein bisschen Verwirrung. Vielleicht findet er … so was lustig.«

Wir blickten einander nachdenklich an.

»Es würde zu ihm passen«, meinte ich dann. »Ich kapiere zwar nicht, wieso er mich ausgerechnet wieder zur Schule schicken will, aber solche fiesen Streiche sehen ihm ähnlich.«

»Jedenfalls passt es besser zu Meister Schick als zu den Vampyren, die nicht gerade für ihren Humor bekannt sind«, warf Mr. Crepsley ein. »Ausgeklügelte Intrigen sind untypisch für sie. Genau wie wir Vampire sind sie eher unkompliziert und gerade heraus.«

»Also mal angenommen, Meister Schick steckt tatsächlich dahinter«, dachte ich laut nach. »Bleibt immer noch die Frage, was wir machen sollen. Soll ich mich wirklich am Montagmorgen in dieser Schule vorstellen? Oder kümmern wir uns einfach nicht um

Mr. Blaws Drohungen und machen weiter wie bisher?«
»Mir wäre es lieber, du gehst nicht hin«, sagte Mr. Crepsley. »Zu dritt sind wir stärker. In unserer jetzigen Zusammensetzung können wir uns bei einem eventuellen Überfall gut verteidigen. Gehst du dagegen zur Schule, können wir weder dir beistehen, falls du dort in Schwierigkeiten gerätst, noch kannst du uns helfen, wenn uns der Feind hier angreift.«
»Aber wenn ich den Unterricht weiterhin schwänze, haben wir das Schulamt und noch Schlimmeres am Hals.«
»Es gibt noch eine dritte Möglichkeit«, meinte der Kleine Kerl. »Zusammenpacken und abhauen.«
»Das ist in der Tat erwägenswert«, nickte Mr. Crepsley. »Der Gedanke, die Bürger dieser Stadt im Stich zu lassen, behagt mir zwar ganz und gar nicht, aber falls es sich wirklich um einen Trick handelt, der uns auseinander bringen soll, hört das Morden vielleicht auf, wenn wir von hier verschwinden.«
»Oder es wird noch schlimmer«, meinte ich. »Damit wir wieder zurückkommen.«
Wieder grübelten wir stumm und wogen die verschiedenen Möglichkeiten gegeneinander ab.
»Ich bin dafür hier zu bleiben«, sagte Harkat schließlich. »Es wird zwar riskanter, aber möglicherweise … bedeutet es, dass wir hier richtig sind. Vielleicht ist es uns bestimmt … ausgerechnet in dieser Stadt den

Lord der Vampyre zum zweiten Mal herauszufordern.«

»Ich bin derselben Meinung«, pflichtete ihm der Vampir bei. »Aber Darren hat das letzte Wort. Er ist unser Fürst ... er muss die Entscheidung treffen.«

»Vielen Dank auch«, sagte ich sarkastisch.

Mein ehemaliger Meister lächelte. »Es ist nicht nur deine Entscheidung, weil du ein Fürst bist, sondern auch, weil du davon am meisten betroffen bist. Schließlich musst *du* mit den jungen Menschen und ihren Lehrern klarkommen, und *du* bist dann von uns dreien am meisten gefährdet. Ob das Ganze nun eine Falle der Vampyre oder eine Laune von Meister Schick ist, dir steht jedenfalls einiges bevor, falls wir uns zum Bleiben entschließen.«

Er hatte Recht. Für mich war es ein Alptraum, wieder in die Schule zu müssen. Ich hatte keinen blassen Schimmer, was ein Fünfzehnjähriger alles wissen sollte. Der Unterricht würde höllisch anstrengend sein. Die Hausaufgaben würden mich zur Verzweiflung treiben. Und einem Lehrer wieder Rede und Antwort zu stehen, nachdem ich sechs Jahre lang als Fürst über die Vampire geherrscht hatte ... Das alles konnte verflixt ungemütlich werden.

Andererseits hatte die Vorstellung auch ihren Reiz. Noch einmal in einem Klassenzimmer sitzen, etwas lernen, Freundschaften schließen, im Sportunterricht mit meiner überdurchschnittlichen Körperkraft Eindruck schinden, mich eventuell sogar mit Mädchen verabreden ...

»Ach, zum Kuckuck«, grinste ich. »Wenn es sich wirklich um eine Falle handelt, gehen wir eben drauf ein und tricksen sie aus, und falls sich jemand einen Scherz erlaubt hat, zeigen wir ihm, dass wir Spaß verstehen.«

»Bravo!«, rief Mr. Crepsley begeistert aus.

»Ach, wissen Sie«, ich lachte matt, »wer wie ich die Einweihungsprüfungen zweimal absolviert hat, einen lebensgefährlichen unterirdischen Fluss, mordlustige Vampyre und Vampirjäger, einen tobsüchtigen Bären und wilde Eber überlebt hat, für den ist die *Schule* doch ein Klacks!«

KAPITEL 4

Etwa eine Stunde vor Unterrichtsbeginn traf ich im Mahler ein. Ich hatte ein strapaziöses Wochenende hinter mir. Zuerst hatte ich mir eine Schuluniform besorgen müssen: grüner Pulli, hellgrünes Hemd, grüner Schlips, graue Hose, schwarze Schuhe. Dann Bücher, Schreibpapier und DIN-A4-Blöcke, Lineal, Kugelschreiber und Bleistifte, Radiergummi, Zeichendreieck und Zirkel, dazu noch einen Taschenrechner, dessen mit seltsamen Abkürzungen bedruckte Tasten – *INV, SIN, COS, EE* – mir unverständlich waren. Außerdem brauchte ich noch ein Hausaufgabenheft, in dem Mr. Crepsley jeden Abend unterschreiben und damit bestätigen musste, dass ich meine Arbeit gemacht hatte.

Ich ging allein einkaufen. Mr. Crepsley konnte sich tagsüber nicht draußen aufhalten, und Harkats auffälliges Aussehen verurteilte ihn ebenfalls dazu, drinnen zu bleiben. Am späten Samstagabend, nachdem ich zwei Tage lang praktisch ohne Pause durch die Geschäfte gestreift war, kehrte ich mit voll beladenen Einkaufstüten zu meinen Gefährten zurück. Kaum hatte ich das Hotel betreten, fiel mir ein, dass ich ja auch eine Schultasche brauchte. Mit hängender Zunge raste ich wie ein geölter Blitz zum nächstgelegenen Laden und erstand eine schlichte schwarze Schultasche mit viel Platz für Bücher, dazu eine Brotdose aus Kunststoff.

Mr. Crepsley und Harkat amüsierten sich königlich über meine Schuluniform. Als ich mich das erste Mal hineinzwängte und steifbeinig vor ihnen auf und ab stolzierte, kamen sie zehn Minuten lang aus dem Lachen nicht heraus. »Hört auf!«, knurrte ich, zog einen Schuh aus und warf ihn nach den beiden. Den ganzen Sonntag legte ich die Uniform nicht ab und ging darin in den beiden Hotelzimmern umher. Sie kratzte und juckte fürchterlich. Es war schon lange her, dass ich so eng anliegende Kleidung getragen hatte. Am Abend rasierte ich mich sorgfältig und ließ mir von meinem früheren Meister die Haare schneiden. Anschließend begaben er und Harkat sich auf Vampyrjagd. Zum ersten Mal seit unserer Ankunft blieb ich zu Hause, denn ich wollte für die Schule ausgeruht sein. Später würde ich einen Zeitplan aufstellen, wann ich mich wieder an der Suche nach den Mördern beteiligen konnte, doch die ersten Nächte würde das schwierig sein, und wir waren übereingekommen, dass ich mich für eine Weile aus der Jagd ausklinkte.

In der Nacht tat ich kaum ein Auge zu. Ich war fast so aufgeregt wie vor sieben Jahren, als ich nach meinen gescheiterten Einweihungsprüfungen auf das Urteil der Vampirfürsten gewartet hatte. Damals hatte ich wenigstens gewusst, was mich im schlimmsten Fall erwartete – nämlich der Tod –, doch diesmal hatte ich nicht die leiseste Ahnung, wie das mir bevorstehende Abenteuer ausgehen würde.

Mr. Crepsley und Harkat warteten extra mit dem Schlafengehen, um mich zu verabschieden. Wir frühstückten zusammen, und die beiden taten, als hätte ich nicht den geringsten Anlass zur Beunruhigung. »Das ist doch eine wunderbare Gelegenheit«, meinte der Vampir. »Wie oft hast du dich nach dem Leben gesehnt, das du geführt hast, bevor du ein Halbvampir wurdest. Jetzt darfst du noch einmal in deine Vergangenheit zurückkehren. Eine Zeit lang kannst du dich wieder als Mensch fühlen. Das ist bestimmt spannend.«

»Dann gehen *Sie* doch hin«, fauchte ich gereizt.

»Jederzeit, wenn ich könnte«, sagte er ausdruckslos.

»Es macht bestimmt Spaß«, bekräftigte Harkat. »Am Anfang ist wahrscheinlich alles ein bisschen fremd, aber nach ein paar Tagen hast du dich sicher dran gewöhnt. Und krieg bloß keine Komplexe. Diese jungen Leute kennen sich vielleicht besser mit dem Lehrstoff aus als du, aber du bist ... ein Mann von Welt und weißt Dinge ... von denen sie nie eine Ahnung haben werden, egal wie alt sie mal werden.«

»Du bist ein Fürst«, bekräftigte Mr. Crepsley, »und damit allen haushoch überlegen.«

Ihre Bemühungen waren eher rührend als hilfreich,

aber ich war froh, dass sie sich nicht mehr über mich lustig machten.
Als wir fertig gefrühstückt hatten, schmierte ich mir ein paar Schinkenbrote, packte sie zusammen mit einem kleinen Glas eingelegter Zwiebeln und einer Flasche Orangensaft in meine Schultasche, und dann war es auch schon Zeit zu gehen.
»Soll ich dich lieber hinbringen?«, erbot sich Mr. Crepsley scheinheilig. »Auf deinem Schulweg musst du viele gefährliche Straßen überqueren. Oder du bittest eine nette Schülerlotsin, dich bei der Hand zu nehmen und …«
»Klappe«, knurrte ich nur und stürmte mit meiner schweren Schultasche aus der Tür.

Das Mahler war eine große, moderne Schule, deren Gebäude im Rechteck um einen geteerten Pausenhof angeordnet waren. Bei meiner Ankunft standen die Flügel des Haupteingangs offen. Ich trat ein und sah mich nach dem Büro des Direktors um. Flure und Räume waren gut ausgeschildert. Bald hatte ich Mr. Chivers Büro gefunden, doch von dem Direktor war weit und breit nichts zu sehen. Eine halbe Stunde verstrich – kein Mr. Chivers. Gerade fragte ich mich, ob es Mr. Blaws womöglich versäumt hatte, den Direktor von meiner zeitigen Ankunft zu informieren, doch dann rief ich mir den kleinen Mann mit der großen Aktentasche wieder ins Gedächtnis und sagte mir, dass es nicht zu ihm passte, so etwas zu vergessen. Vielleicht wartete Mr. Chivers ja am Eingang oder im Lehrerzimmer auf mich. Ich beschloss nachzusehen.

Das Lehrerzimmer war geräumig genug für fünfundzwanzig bis dreißig Lehrer, doch als ich geklopft hatte und nach der Aufforderung »Herein!« eingetreten war, erblickte ich nur drei Personen. Zwei davon waren Männer mittleren Alters, die in schweren Sesseln versanken und in dicken Zeitungen lasen. Die dritte war eine stämmige Frau, die damit beschäftigt war, bedruckte Zettel an den Wänden aufzuhängen.

»Was gibt's?«, blaffte die Frau, ohne sich umzudrehen.

»Ich bin Darren Horston. Ich suche Mr. Chivers.«

»Mr. Chivers ist noch nicht da. Hast du einen Termin?«

»Äh ... ja. Ich glaube schon.«

»Dann warte gefälligst vor seinem Büro auf ihn. Hier ist das *Lehrerzimmer*.«

»Oh. Mach ich.«

Ich schloss die Tür hinter mir, nahm meine Tasche und eilte zum Büro des Direktors zurück. Immer noch keine Spur von ihm. Ich wartete noch einmal zehn Minuten, dann machte ich mich erneut auf die Suche. Diesmal ging ich zum Haupteingang zurück, wo inzwischen einige Jugendliche an der Wand lehnten. Sie unterhielten sich lärmend, gähnten, lachten, frotzelten herum und fluchten scherzhaft.

Sie trugen die gleiche Schuluniform wie ich, aber bei ihnen sah es nicht so unnatürlich aus wie bei mir.
Ich ging auf ein Grüppchen von fünf Jungen und zwei Mädchen zu. Sie standen mit dem Rücken zu mir und unterhielten sich über irgendeine Sendung, die sie am vergangenen Abend im Fernsehen gesehen hatten.
Um mich bemerkbar zu machen, räusperte ich mich und streckte dem Jungen direkt vor mir mit breitem Lächeln die Hand hin, als er sich umdrehte. »Darren Horston«, stellte ich mich vor. »Ich bin neu hier. Ich suche Mr. Chivers. Habt ihr ihn zufällig gesehen?«
Der Junge glotzte auf meine Hand, nahm sie aber nicht, dann musterte er mein Gesicht. »Häh?«
»Ich heiße Darren Horston«, wiederholte ich. »Ich suche …«
»Hab's gehört«, schnitt er mir das Wort ab, kratzte sich an der Nase und beäugte mich misstrauisch.
»Schiffer is noch nich da«, bemerkte eines der Mädchen und kicherte, als hätte es etwas besonders Komisches gesagt.
»Schiffer kommt nie vor zehn nach neun«, setzte einer der Jungen gähnend hinzu.
»Und montags noch später«, ergänzte das Mädchen.
»Das weiß doch jeder *Idiot*«, schloss der Junge, der zuerst gesprochen hatte.
»Ach so. Wie gesagt, ich bin neu hier, daher kann ich wohl nicht wissen, was jeder weiß, stimmt's?«

Ich freute mich, dass mir an meinem ersten Schultag so eine schlagfertige Antwort eingefallen war.
»Verzieh dich, Arschgesicht«, erwiderte der Junge darauf, was nicht ganz der Reaktion entsprach, die ich erwartet hatte.
»Wie bitte?« Ich blinzelte überrascht.
»Bist du taub?« Er baute sich drohend vor mir auf. Er war ungefähr einen Kopf größer als ich, hatte dunkles Haar und schielte mich argwöhnisch an. Natürlich war ich stark genug, um jeden an dieser Schule k.o. zu schlagen, aber das hatte ich in diesem Augenblick ganz vergessen und wich instinktiv zurück, weil ich nicht wusste, was er vorhatte.
»Na, los, Smickey«, lachte einer der anderen Jungen. »Zeig's ihm.«
»Nee«, grinste der Angesprochene. »Ich mach mir doch nich die Hände dreckig.«
Er drehte mir wieder den Rücken zu und nahm die Unterhaltung mit seinen Kameraden so nahtlos wieder auf, als wäre nicht das Geringste vorgefallen. Verwirrt und vor den Kopf gestoßen schlurfte ich davon. Als ich um die Ecke bog, vernahm mein überscharfes Vampirgehör noch, wie eins der Mädchen sagte: »Was war denn das für'n Spinner?«
»Hast du seine Tasche gesehn?«, prustete Smickey. »So groß wie 'ne Kuh! Da passen die Bücher von der ganzen Schule rein!«
»Er hat irgendwie abartig geredet«, meinte jetzt wieder das Mädchen.

»Und aussehen tut er noch abartiger«, ergänzte das andere. »Die ganzen Narben und roten Flecken. Und erst die Frisur! Wie'n Affe aus'm Zoo!«
»Genau.« Das war wieder Smickey. »Und gestunken hat er auch!«
Die ganze Bande brach in Gelächter aus. Dann wandte sich das Gespräch wieder der Fernsehsendung zu. Mit hängendem Kopf trottete ich die Treppe hinauf, die Tasche fest an die Brust gedrückt, und schämte mich für mein Aussehen und meinen Haarschnitt. Bedrückt nahm ich wieder vor Mr. Chivers Büro Aufstellung und wartete.
Es war ein niederschmetternder Anfang gewesen. Ich versuchte mir einzureden, dass es von jetzt an nur besser werden könnte, aber ich hatte ein ungutes Gefühl im Magen, das mir sagte, alles würde eher noch viel, viel schlimmer werden!

KAPITEL 5

Ungefähr um zwanzig nach neun erschien Mr. Chivers schnaufend und mit rotem Kopf. (Später erfuhr ich, dass er mit dem Rad zur Schule fuhr.) Ohne ein Wort hastete er an mir vorbei, schloss seine Zimmertür auf, eilte ans Fenster und spähte auf den Pausenhof hinunter. Als er jemanden entdeckte, öffnete er das Fenster und brüllte: »Kevin O'Brien! Hat man dich etwa jetzt schon aus der Klasse geworfen?«

»Ich hab nix gemacht, Sir«, rief ein kleiner Junge hoch. »Die Kappe von meinem Füller ist mir in der Tasche abgegangen, und alle meine Hausaufgaben waren im Eimer. So was passiert jedem mal, Sir. Deswegen muss man einen doch nicht gleich raus …«

»Komm in deiner nächsten Freistunde in mein Büro, O'Brien!«, unterbrach ihn Mr. Chivers barsch. »Ich hätte da ein paar Fußböden zu schrubben.«

»Jawohl, Sir!«

Mr. Chivers schlug das Fenster zu. »Du da!« Er winkte mich herein. »Was willst du?«

»Ich …«

»Du hast doch hoffentlich keine Fensterscheibe zerbrochen, oder? Sonst kannst du dich nämlich auf was gefasst machen!«

»Ich habe keine Scheibe zerbrochen«, fauchte ich. »Ich hatte gar keine Gelegenheit dazu. Ich stehe seit acht Uhr vor Ihrem Büro und warte auf Sie. Sie kommen zu spät!«

»Tatsächlich?« Verblüfft über meine Offenheit ließ er sich auf einen Stuhl sinken. »Tut mir Leid. Ich hatte einen Platten. Das war dieser kleine Halunke zwei Stockwerke unter mir. Er ...« Mr. Chivers räusperte sich, erinnerte sich wieder daran, wer er war, und setzte eine finstere Miene auf. »Nicht so wichtig. Wer bist du, und warum hast du auf mich gewartet?«

»Ich bin Darren Horston. Ich bin ...«

»... der neue Schüler!«, rief der Direktor aus. »Entschuldige, mir war ganz entfallen, dass du heute kommst.« Er sprang auf, ergriff meine Hand und schüttelte sie überschwänglich. »Ich war übers Wochenende weg, zum Orientierungslauf, und bin erst gestern Abend zurückgekommen. Ich hatte mir am Freitag noch einen Zettel geschrieben und an den Kühlschrank geheftet, aber ich habe ihn offenbar heute Morgen übersehen.«

»Macht nichts«, sagte ich und entwand meine Hand seinem schweißfeuchten Griff. »Jetzt sind Sie ja da. Besser spät als nie.«

Er sah mich neugierig an. »Hast du mit deinem vorigen Direktor auch so geredet?«

Mir fiel wieder ein, wie ich mich vor der Direktorin meiner früheren Schule gefürchtet hatte. »Nein«, lachte ich.

»Gut, das Gleiche gilt nämlich für mich. Ich bin kein Tyrann, aber ich dulde auch keine frechen Antworten. Du hast in respektvollem Ton mit mir zu sprechen, und wenn du fertig bist, sagst du ›Sir‹. Verstanden?«

Ich holte tief Luft. »Ja.« Pause. »Sir.«

»Schon besser«, brummte er. Dann hieß er mich Platz nehmen. Er öffnete eine Schublade, holte einen Aktenordner heraus und studierte ihn schweigend. »Gute Noten«, sagte er nach einer Weile und legte den Ordner beiseite. »Wenn du dir bei uns auch so viel Mühe gibst, sind wir zufrieden.«

»Ich werde mein Bestes tun, Sir.«

»Mehr verlangen wir auch nicht.« Mr. Chivers ließ den Blick über mein Gesicht wandern. Offenbar faszinierten ihn meine Narben und Brandwunden. »Du hast ganz schön was durchgemacht für dein Alter, nicht wahr?«, sagte er. »Es ist bestimmt schrecklich, in einem brennenden Gebäude eingeschlossen zu sein.«

»Ja, Sir.« Auch das stand in dem Bericht, den mir Mr. Blaws gezeigt hatte. Die von meinem »Vater« ausgefüllten Formulare besagten, ich hätte mit zwölf Jahren bei einem Hausbrand schwere Verbrennungen erlitten.

»Nun, es ist ja noch einmal gut ausgegangen! Du

bist gesund und munter, das ist die Hauptsache.« Er erhob sich, legte den Ordner in die Schublade zurück, überprüfte seine Vorderfront (auf Schlips und Hemd klebten Toastkrümel und Spuren von seinem Frühstücksei, die er mit den Fingernägeln abpulte), ging zur Tür und machte mir ein Zeichen mitzukommen.

Bei der nun folgenden kurzen Führung durch die Schule zeigte mir Mr. Chivers die Computerräume, die Aula, die Turnhalle und die anderen Fachräume. Früher war hier eine Musikhochschule untergebracht gewesen, daher auch der Name (Mahler ist ein berühmter Komponist), diese war jedoch vor zwanzig Jahren geschlossen und später in eine normale Oberschule umgewandelt worden.

»Der Musikunterricht ist noch immer einer unserer Schwerpunkte«, kommentierte der Direktor, als er die Tür zu einem großen Raum öffnete, in dem ein halbes Dutzend Klaviere standen. »Spielst du ein Instrument?«

»Flöte«, sagte ich.

»Ein Flötist! Hervorragend! Seit Siobhan Toner vor drei Jahren ... oder waren es vier? ... von der Schule abgegangen ist, haben wir keinen passablen Flötisten mehr gehabt. Wir lassen dich bald mal vorspielen und sehen, was du draufhast, hm?«

»Ja, Sir«, erwiderte ich matt. Ich merkte, dass wir aneinander vorbeiredeten. Mr. Chivers sprach von einer richtigen Flöte, ich dagegen konnte nur auf einer billigen Blechflöte pfeifen, aber jetzt war wohl kaum der passende Augenblick, das richtig zu stellen. Ich zog es vor zu schweigen und hoffte, er würde meine angeblichen Flötenkünste wieder vergessen.

Jede Unterrichtsstunde dauerte vierzig Minuten, erläuterte er mir. Um elf Uhr gab es eine zehnminütige Pause, die Mittagspause dauerte fünfzig Minuten und begann um zehn nach eins, Schulschluss war nachmittags um vier. »Nachsitzen ist von sechzehn Uhr dreißig bis um achtzehn Uhr, aber das betrifft dich hoffentlich nicht, hm?«

»Ich hoffe nicht, Sir«, erwiderte ich demütig.

Der Rundgang endete wieder in Mr. Chivers Büro, wo er mir meinen Stundenplan überreichte. Es war eine Furcht einflößende Liste: Englisch, Geschichte, Erdkunde, Physik, Chemie, Mathe, Technisches Zeichnen, zwei Fremdsprachen, Computerunterricht. Mittwochs eine Doppelstunde Sport. Ich hatte drei Freistunden: eine am Montag, eine am Dienstag und eine am Donnerstag. Laut Mr. Chivers waren die Freistunden für zusätzliche Arbeitsgemeinschaften vorgesehen, zum Beispiel Musik oder weitere Sprachkurse, oder man konnte sie zum Lernen verwenden.

Zum Abschluss schüttelte er mir wieder die Hand, wünschte mir viel Glück und forderte mich auf, mich bei Problemen jederzeit an ihn zu wenden. Nach einer letzten Warnung, keine Fensterscheiben zu zerbrechen und meinen Lehrern keinen Kummer zu bereiten, brachte er mich zur Tür und entließ mich auf den Gang. Und zwar genau um neun Uhr vierzig. Es läutete. Zeit für meinen ersten Kurs – Erdkunde.

Die Stunde verlief recht gut. Ich hatte mich die vergangenen sechs Jahre oft mit Karten beschäftigt, um die Truppenbewegungen im Krieg der Narben zu verfolgen, daher hatte ich eine bessere Vorstellung von der Aufteilung der Erdkugel als meine Mitschüler. Aber von dem, was die *Menschen* unter Erdkunde verstanden, wusste ich nichts. Ein großer Teil der Stunde befasste sich mit Wirtschaft und Kultur und damit, wie Menschen ihre Umwelt gestalteten, und sobald sich das Gespräch von Gebirgen und Flüssen ab- und Staatsformen und Bevölkerungsstatistiken zuwandte, war ich total aufgeschmissen.

Doch trotz meiner begrenzten Kenntnisse der Menschenwelt hätte mir zu Anfang nichts Besseres passieren können als Erdkunde. Der Lehrer war nett, ich verstand das meiste, was besprochen wurde, und in ein paar Wochen konnte ich den Stoff bestimmt aufholen.

In Mathe, der nächsten Stunde, sah die Sache ein wenig anders aus. Schon nach fünf Minuten wurde mir klar, dass ich keinen blassen Schimmer hatte. Ich beherrschte nur die Grundrechenarten, und das wenige, das ich einmal gewusst hatte, hatte ich zum größten Teil vergessen. Ich konnte dividieren und multiplizieren, aber das war auch schon alles – und es war, wie ich nur allzu bald feststellte, bei weitem nicht genug.

»Was soll das heißen, du hast noch nie Algebra gehabt?«, schnauzte mich der Lehrer, ein grimmig aussehender Mann namens Mr. Smarts, erbost an. »Unsinn! Versuch nicht, mich zum Narren zu halten, Bürschchen. Ich weiß, dass du neu bist, aber das bedeutet nicht, dass du dir alles erlauben kannst. Schlag Seite sechzehn auf und löse die ersten Aufgaben. Am Ende der Stunde sammle ich deine Lösungen ein und sehe mir an, wo du stehst.«

Ehrlich gesagt, stand ich total auf dem Schlauch. Ich konnte die Aufgaben auf Seite sechzehn nicht einmal *verstehen*, geschweige denn lösen! Ich blätterte im Buch zurück und versuchte, ein paar leichtere Aufgaben abzuschreiben, aber ich hatte keinen blassen Dunst, was ich da eigentlich machte. Als mir Mr. Smarts das Blatt wegnahm und ankündigte, er werde es in der Mittagspause lesen und mir am Nachmittag in Physik wiedergeben (auch in diesem Fach war er mein Lehrer), war ich viel zu niedergeschlagen, um mich für seinen Einsatz zu bedanken.

Die Pause war auch nicht besser. Ich verbrachte die zehn Minuten damit, unter den neugierigen Blicken der anderen Schüler allein über den Hof zu schlendern. Zwar versuchte ich, mich mit einigen Mitschülern aus den ersten beiden Stunden anzufreunden, doch die wollten offenbar nichts mit mir zu tun haben. Mit meinem Aussehen, meinem Geruch und meinem Benehmen stimmte etwas nicht – ich war *abartig*. Den Lehrern war das anscheinend noch nicht aufgefallen. Den Schülern schon. Sie spürten, dass ich nicht dazugehörte.

Aber auch wenn mich meine Kameraden freundlich aufgenommen hätten, wäre es mir schwer gefallen, mich ihnen anzuschließen. Ich kannte weder die Filme und Fernsehsendungen, über die sie sich unterhielten, noch die angesagten Rockstars, Musikrichtungen, Bücher und Comics. Auch ihre lässige Sprache war mir fremd. Viele Ausdrücke verstand ich einfach nicht.

Nach der Pause hatte ich Geschichte. Das war früher eins meiner Lieblingsfächer gewesen, aber dieser Kurs war im Stoff viel weiter fortgeschritten. Die Klasse beschäftigte sich gerade mit dem Zweiten Weltkrieg, den auch ich gegen Ende meiner Schulzeit als Mensch durchgenommen hatte. Aber damals hatte ich nur die wichtigsten Ereignisse und die Namen der Staatsmänner der betreffenden Länder auswendig gelernt. Jetzt als Fünfzehnjähriger mit einer angeblich normalen Schullaufbahn wurde von mir erwartet, sämtliche Einzelheiten der Schlachten, die Namen der Generäle, die weit reichenden gesellschaftlichen Auswirkungen des Krieges und dergleichen zu kennen.

Ich erzählte der Lehrerin, ich hätte mich an meiner früheren Schule vorwiegend mit alter Geschichte befasst und beglückwünschte mich schon selbst zu diesem geschickten Schachzug, doch sie erwiderte bloß, es gebe am Mahler einen kleinen Kurs für alte Geschichte, und sie werde mich gleich morgen früh dort einschreiben.

Verdammter Mist!

Danach hatte ich Englisch. Davor grauste es mir besonders. In Fächern wie Erdkunde und Geschichte konnte ich mich noch einigermaßen durchmogeln, indem ich behauptete, einen anderen Lehrstoff behandelt zu haben. Aber wie sollte ich meine Defizite in Englisch erklären? Natürlich konnte ich mich damit herausreden, gerade die Bücher und Gedichte, die besprochen wurden, nicht gelesen zu haben, doch was sollte ich sagen, wenn man mich fragte, was ich stattdessen gelesen hätte? Ich war verloren!

Die einzige freie Bank war ziemlich weit vorn. Der Lehrer kam zu spät – das Schulgebäude war so groß, dass sich Lehrer und Schüler oftmals verspäteten. Ich nutzte die Zeit, um noch einmal den Gedichtband zu überfliegen, den ich mir am Freitag gekauft hatte, und versuchte verzweifelt, mir auf gut Glück ein paar Verse einzuprägen, um den Lehrer notdürftig zufrieden zu stellen.

Die Tür des Klassenzimmers öffnete sich, der Lärm verebbte, und die Schüler erhoben sich von ihren Plätzen. »Setzen, Setzen«, sagte die Lehrerin, ging zu ihrem Tisch und legte einen Stapel Bücher ab. Dann wandte sie sich lächelnd der Klasse zu und strich sich das Haar aus dem Gesicht. Es war eine junge, hübsche Frau mit dunkler Hautfarbe. »Ich habe gehört, wir haben einen Neuzugang«, sagte sie und ließ den Blick suchend durch die Bänke wandern. »Kann derjenige bitte mal aufstehen?«

Ich stand auf, hob die Hand und grinste nervös. »Hier.«

»Ganz vorn«, lobte sie strahlend. »Ein gutes Zeichen. Irgendwo habe ich mir deinen Namen und ein paar andere Angaben notiert. Augenblick, ich sehe mal nach ...«

Sie wandte sich ab und wühlte in ihren Büchern und Papieren, doch plötzlich hielt sie wie vom Blitz getroffen inne. Sie blickte mich scharf an und machte einen Schritt auf mich zu. Dann leuchtete ihr Gesicht auf, und sie rief: *»Darren Shan?«*

»Äh ... ja.« Ich lächelte unsicher. Ich hatte keine Ahnung, wer sie war, und kramte fieberhaft in meinem Gedächtnis. Wohnte sie womöglich im gleichen Hotel wie ich? Irgendetwas an ihrer Mundpartie und ihren Augen kam mir bekannt vor ... Endlich machte es »Klick«! Ich trat aus meiner Bank, näherte mich ihr bis auf Armlänge und starrte sie ungläubig an. *»Debbie?«*, keuchte ich. *»Debbie Schierling?«*

KAPITEL 6

»DARREN!«, quietschte Debbie und schlang die Arme um mich.

»Debbie!«, jubelte ich und drückte sie fest.

Meine Englischlehrerin war Debbie Schierling – meine Exfreundin!

»Du hast dich ja kaum verändert!«, japste Debbie.

»Du siehst so anders aus!«, lachte ich.

»Was ist mit deinem Gesicht passiert?«

»Wieso bist du auf einmal Lehrerin?«

Und im Chor: »Was machst du hier?«

Wir verstummten und strahlten einander mit großen Augen an. Dabei umarmten wir uns nicht mehr, hielten einander aber bei den Händen. Die Schüler begafften uns mit offenen Mündern, als kämen wir vom Mars.

»Wo warst ...«, setzte Debbie an, dann blickte sie um sich. Als sie merkte, dass wir im Mittelpunkt der allgemeinen Aufmerksamkeit standen, ließ sie meine Hände los und lächelte verlegen. »Darren und ich sind alte Freunde«, erklärte sie den Schülern. »Wir haben uns seit ...« Wieder unterbrach sie sich und runzelte die Stirn. »Entschuldigt uns einen Augenblick«, sagte sie, packte mich am Arm und zog mich energisch aus dem Klassenzimmer. Sie schloss die Tür, drückte mich an die Wand des Ganges, vergewisserte sich, dass wir allein waren, und zischelte: »Wo zum Teufel hast du die ganzen Jahre gesteckt?«

»Mal hier, mal da«, erwiderte ich lächelnd und musterte ihr Gesicht, immer noch völlig verdattert, wie sehr sie sich verändert hatte. Gewachsen war sie auch, ja sie war jetzt sogar größer als ich.

»Warum siehst du dann noch fast genauso aus wie früher?«, fragte sie unwirsch. »Du wirkst höchstens ein, zwei Jahre älter als damals. Aber es ist *dreizehn Jahre* her!«

»Wie die Zeit vergeht …«, schmunzelte ich, beugte mich vor und gab ihr rasch einen Kuss. »Schön, Sie wieder zu sehen, Miss Schierling.«

Debbie zuckte zusammen und wich zurück. »Lass das.«

»Tut mir Leid. Ich freue mich bloß so.«

»Ich freue mich auch, dich wieder zu sehen. Aber wenn jemand mitkriegt, dass ich einen Schüler küsse …«

»Ach, Debbie. Ich bin kein richtiger Schüler, das weißt du doch. Ich bin alt genug, um … Na, du weißt ja, wie alt ich bin.«

»Das dachte ich jedenfalls. Aber dein Gesicht …« Kritisch betrachtete sie mein Kinn, Lippen, Nase und die kleine, dreieckige Narbe über meinem rechten Auge. »Sieht aus, als wärst du im Krieg gewesen«, stellte sie fest.

»Du ahnst ja nicht, wie Recht du hast«, gab ich amüsiert zurück.

»Darren Shan.« Fassungslos schüttelte sie den Kopf und wiederholte: »Darren Shan.«

Dann verpasste sie mir eine kräftige Ohrfeige!

»Womit hab ich das verdient?«, jaulte ich.

»Weil du einfach abgehauen bist, ohne dich zu verabschieden, und mir damit das ganze Weihnachtsfest verdorben hast«, fauchte sie.

»Das war vor dreizehn Jahren! Darüber kannst du dich doch nicht immer noch aufregen.«

»Wir Schierlings können sehr nachtragend sein«, entgegnete sie, doch ihre Augen funkelten belustigt.

»Immerhin habe ich dir ein Abschiedsgeschenk dagelassen«, erinnerte ich sie.

Sie blickte mich verständnislos an. Dann fiel es ihr ein. »Der Baum!«

Mr. Crepsley und ich hatten den geisteskranken Vampyr Murlough am Vorweihnachtsabend in Debbies Haus getötet, nachdem wir sie als Köder benutzt hatten, um ihn aus seinem unterirdischen Versteck zu locken. Bevor wir das Haus verließen, hatte ich einen kleinen Weihnachtsbaum neben Debbies Bett aufgestellt und geschmückt. (Debbie und ihre Eltern hatte ich zuvor mit einem Schlafmittel betäubt, sodass sie von Murloughs Überfall nichts mitbekommen hatten.)

»Den Baum hatte ich ganz vergessen«, murmelte Debbie. »Aber das bringt mich auf eine andere Frage: Was ist damals passiert? Gerade sitzen wir noch beim Abendessen, und im nächsten Augenblick wache ich in meinem Bett auf, und Weihnachten ist schon fast vorbei. Auch Mama und Papa lagen im Bett, ohne die geringste Ahnung, wie sie dort hingekommen sind.«

»Wie geht es Donna und Jesse?«, fragte ich ausweichend.

»Gut. Papa reist noch immer geschäftlich durch die ganze Welt, und Mama hat ein neues … Nein«, sie stieß mich vor die Brust. »Reden wir nicht von *mir*. Ich will wissen, was *du* gemacht hast. Dreizehn Jahre lang warst du für mich nur eine schöne Erinnerung. Ich habe ein paarmal versucht, dich ausfindig zu machen, aber du warst spurlos verschwunden. Jetzt tauchst du plötzlich wieder auf und siehst kaum einen Tag älter aus als damals. Was geht hier eigentlich vor?«

»Das ist eine lange Geschichte«, seufzte ich. »Und ziemlich verwickelt.«

»Ich habe Zeit«, erwiderte sie herausfordernd.

»Hast du nicht«, widersprach ich ihr und deutete mit dem Kinn auf das Klassenzimmer.

»Mist. An die habe ich gar nicht mehr gedacht.« Sie ging zur Tür und öffnete sie. Die Schüler unterhielten sich lautstark, doch als sie ihre Lehrerin erblickten, kehrte Ruhe ein. »Holt eure Bücher raus!«, befahl Debbie barsch. »Ich komme sofort.« Dann wandte sie sich wieder mir zu. »Du hast Recht. Jetzt ist dafür keine Zeit. Ich habe heute einen sehr vollen Stundenplan und in der Mittagspause eine Konferenz. Doch wir müssen uns so bald wie möglich treffen und miteinander reden.«

»Wie wäre es nach der Schule?«, schlug ich vor. »Ich gehe nach Hause, ziehe mich um, und wir treffen uns. Aber wo?«

»Bei mir. Ich wohne im Bungrove Drive 3c, dritter Stock. Zu Fuß etwa zehn Minuten von hier.«

»Ich finde schon hin.«

»Aber lass mir ein paar Stunden Zeit, um die Hausarbeiten zu korrigieren. Komm frühestens um halb sechs.«

»Wird gemacht.«

»Darren Shan«, flüsterte sie, und ihre Mundwinkel hoben sich zu einem leisen Lächeln. »Wer hätte das gedacht?« Sie beugte sich vor, und ich dachte schon – ich hoffte! –, sie wollte mich küssen, doch sie richtete sich wieder auf, setzte eine strenge Miene auf und schob mich vor sich her ins Klassenzimmer.

Den Rest der Stunde bekam ich nicht mehr richtig mit. Debbie gab sich große Mühe, mich genauso zu behandeln wie meine Mitschüler, doch unsere Blicke begegneten sich ständig, und wir konnten beide nicht aufhören zu lächeln. Den Schülern fiel unser seltsames Verhalten natürlich auf, und bis zur

Mittagspause sprach die ganze Schule davon. Waren die Jugendlichen am Morgen mir gegenüber nur befremdet gewesen, so waren sie nun geradezu argwöhnisch und machten einen großen Bogen um mich.

Auch in den folgenden Unterrichtsstunden konnte ich mich nicht konzentrieren. Es war mir egal, dass ich keine Ahnung vom Lehrstoff hatte. Ich versuchte auch nicht mehr, so zu tun, als verstünde ich alles. Ich konnte nur noch an Debbie denken. Sogar als mir Mr. Smarts in Physik wutschnaubend das Blatt mit den Matheaufgaben hinknallte, nickte ich nur lächelnd und ließ sein Gezeter an mir vorbeirauschen.

Endlich war Schulschluss und ich eilte zum Hotel zurück. Ich hatte zwar den Schlüssel zu einem Spind bekommen, in dem ich meine Bücher einschließen konnte, aber in meiner Aufregung nahm ich die schwere Tasche unausgepackt wieder mit. Mr. Crepsley lag noch im Bett, doch Harkat war schon wach, und ich sprudelte hervor, was ich erlebt und dass ich Debbie wieder getroffen hatte.

»Ist das nicht wunderbar?«, schloss ich atemlos. »Ist es nicht unglaublich? Ist es nicht das aller …« Mir fehlten die Worte, und so warf ich einfach die Arme in die Luft und juchzte: »Juhu!«

»Toll«, nickte Harkat, und sein breiter Mund verzog sich zu einem schiefen Lächeln, doch er klang nicht besonders erfreut.

»Ist was?«, fragte ich. In seinen runden grünen Augen war das Unbehagen deutlich zu lesen.
»Nichts. Es ist toll. Ehrlich. Ich freue mich für dich.«
»Erzähl mir nichts, Harkat. Irgendwas beschäftigt dich doch. Was ist los?«
Der Kleine Kerl gab nach. »Kommt dir dieses Wiedersehen nicht etwas … *sehr* zufällig vor?«
»Wie meinst du das?«
»Von allen Schulen, auf die du gehen könntest … von allen Lehrern, die es gibt … landest du ausgerechnet auf der Schule, wo deine … frühere Freundin Englischlehrerin ist? Und dann auch noch in ihrer Klasse?«
»So ist das Leben nun mal, Harkat. So was kommt vor.«
»Schon. Manchmal ist es … Zufall. Aber manchmal auch … Absicht.«
Im Verlauf unserer Unterhaltung hatte ich Pullover und Schlips ausgezogen und war nun dabei, mir das Hemd aufzuknöpfen. Ich hielt inne und blickte den Kleinen Kerl aufmerksam an. »Was willst du damit sagen?«
»Irgendwas ist faul an der Sache. Es wäre etwas anderes, wenn du Debbie … zufällig auf der Straße begegnet wärst. Aber du bist in ihrer Klasse an einer Schule … auf die du eigentlich gar nicht gehörst. Irgendjemand hat dich ans Mahler geschickt, jemand … der über Murlough und deine Vergangenheit genau informiert ist.«

»Glaubst du, derjenige, der unsere Unterschriften gefälscht hat, wusste, dass Debbie am Mahler unterrichtet?«
»Davon bin ich überzeugt«, nickte der Kleine Kerl. »Das ist beunruhigend genug. Aber wir müssen … noch etwas anderes in Betracht ziehen. Was ist, wenn derjenige, der dich dort … hingelockt hat, nicht nur über Debbie *Bescheid wusste* …, sondern wenn es *Debbie selber war?*«

KAPITEL 7

Ich wollte nicht glauben, dass Debbie mit den Vampyren oder Meister Schick gemeinsame Sache machte oder dass sie in irgendeiner Form daran beteiligt gewesen war, mich aufs Mahler zu schicken. Ich schilderte Harkat, wie erstaunt sie gewesen war, mich wieder zu sehen, doch der Kleine Kerl meinte, sie habe vielleicht bloß geschauspielert. »Wenn sie sich so viel Mühe gegeben hat, dich an ihre Schule zu holen, … wird sie ja wohl noch überrascht tun können«, meinte er.

Eigensinnig schüttelte ich den Kopf. »So etwas sieht ihr überhaupt nicht ähnlich.«

»Ich kenne sie nicht, daher kann … ich es nicht beurteilen. Aber *du* kennst sie auch kaum. Als du sie zuletzt gesehen hast … war sie noch ein Kind. Man verändert sich, wenn man erwachsen wird.«

»Du glaubst, ich kann Debbie nicht trauen?«

»Das habe ich nicht gesagt. Gut möglich, dass sie ehrlich ist. Möglich, dass sie nichts mit den … gefälschten Formularen und deiner Anmeldung an ihrer Schule zu tun hat. *Vielleicht* ist das alles … tatsächlich ein unglaublicher Zufall. Aber sei auf der

Hut. Verabrede dich ruhig mit ihr, doch sei vorsichtig. Pass auf … was du sagst. Stell ihr ein paar Testfragen. Und nimm eine Waffe mit.«
»Ich könnte Debbie niemals wehtun«, erwiderte ich leise. »Und wenn sie hundertmal mit den Vampyren im Bunde wäre … ich könnte sie nicht töten.«
Harkat ließ sich nicht beirren. »Nimm die Waffe trotzdem mit. Falls Debbie wirklich für die Vampyre arbeitet, musst du dich … vielleicht gegen jemand anderen zur Wehr setzen.«
»Du meinst, dass mir die Vampyre in ihrer Wohnung auflauern?«
»Gut möglich. Bis jetzt … konnten wir uns nicht erklären, warum die Vampyre, falls *sie* hinter den gefälschten Formularen stecken, dich zur Schule … schicken sollten. Wenn sie aber mit Debbie zusammenarbeiten oder sie … als Mittel zum Zweck benutzen … wäre diese Frage beantwortet.«
»Sie locken mich also allein in Debbies Wohnung, damit sie leichtes Spiel mit mir haben?«
»Möglicherweise.«
Ich nickte nachdenklich. Zwar konnte ich mir immer noch nicht vorstellen, dass Debbie wirklich eine Komplizin unserer Todfeinde war, aber ich hielt es für denkbar, dass die Vampyre sie als Lockvogel benutzten, um an mich heranzukommen. »Was sollen wir deiner Meinung nach tun?«, fragte ich.
Harkats entschlossener Blick strafte seine zögerliche Antwort Lügen. »Ich weiß nicht genau. Natür-

lich sollst du nicht ... blindlings in eine Falle tappen. Aber manchmal muss man etwas riskieren. Unter Umständen können wir auf diese Weise ... diejenigen entlarven, die uns ... hereinlegen wollen.«
Grüblerisch kaute ich an meiner Unterlippe, dann raffte ich mich auf und tat das einzig Vernünftige – ich ging ins Nebenzimmer und weckte Mr. Crepsley.

Ich klingelte bei 3c und wartete. Kurz darauf erklang Debbies Stimme aus der Sprechanlage: »Darren?«
»Erraten.«
»Du bist zu spät.« Es war zwanzig nach sieben. Die Sonne ging gerade unter.
»Ich hatte schrecklich viele Hausaufgaben auf. Meine Englischlehrerin ist schuld. Sie ist ein richtiger Drachen.«
»Ich lach mich tot.«
Ein Summen ertönte und die Tür ging auf. Bevor ich eintrat, musterte ich den Häuserblock auf der gegenüberliegenden Straßenseite. Auf dem Dach erspähte ich eine schattenhafte Gestalt – Mr. Crepsley. Harkat hielt sich hinter Debbies Haus versteckt. Beim geringsten Anzeichen von Gefahr würden sie mir zu Hilfe eilen. So lautete der Plan, auf den wir uns schließlich geeinigt hatten. Zuerst hatte Mr. Crepsley dafür plädiert, die Stadt sofort zu verlassen, weil die Lage für seinen Geschmack allmählich

zu kompliziert wurde. Doch als ich mich nicht darauf einließ, hatte er schließlich eingewilligt, das Beste aus der Situation zu machen und zu versuchen, den Spieß zu unseren Gunsten umzudrehen – *falls* unsere Feinde tatsächlich auftauchten.
»Wenn es zum Kampf kommt, kann es passieren, dass wir deine Freundin nicht heraushalten können«, hatte er mich gewarnt, bevor wir aufbrachen. »Du brauchst ihr kein Haar zu krümmen, aber vielleicht muss *ich* es tun, sollte sie mit den Vampyren gemeinsame Sache machen. Dann komm mir bloß nicht in die Quere.«
Ich nickte düster. Ich glaubte zwar nicht, dass ich ruhig mit ansehen konnte, wie er Debbie etwas antat, nicht einmal, falls sich herausstellte, dass sie mit den Vampyren tatsächlich unter einer Decke steckte – aber ich würde mir Mühe geben.
Als ich die Treppen hinaufstieg, wurden mir die beiden Messer, die ich bei mir trug, unangenehm bewusst. Ich hatte sie mir um die Waden gebunden, damit man sie nicht sah. Hoffentlich musste ich sie nicht benutzen, aber es war gut zu wissen, dass sie im Notfall zur Hand waren.
Die Tür zu 3c stand offen, aber ich klopfte trotzdem.
»Komm rein«, rief Debbie. »Ich bin in der Küche.«
Ich zog die Tür hinter mir zu, riegelte jedoch nicht ab. Ein prüfender Blick. Die Wohnung war sehr aufgeräumt. Ein paar voll gestopfte Bücherregale, ein CD-Player, ein gut gefülltes CD-Regal. Ein trag-

barer Fernseher. Ein Plakat von »Der Herr der Ringe« an der einen Wand, ein Foto von Debbie und ihren Eltern an der anderen.
Debbie kam aus der Küche. Sie trug eine lange rote Schürze und hatte Mehl im Haar. »Beim Warten ist mir langweilig geworden, deshalb habe ich angefangen, Hefeschnecken zu backen. Willst du deine mit Rosinen oder ohne?«
»Ohne«, antwortete ich und musste lächeln, als sie wieder in der Küche verschwand. Mörder und ihre Spießgesellen begrüßen einen nicht mit mehligen Haaren! Damit war auch der letzte Zweifel verflogen, den ich hinsichtlich Debbies Absichten gehegt hatte. Von ihr hatte ich nichts zu befürchten. Dennoch blieb ich wachsam. Sie selbst mochte keine Bedrohung darstellen, was jedoch nicht ausschloss, dass sich irgendwelche Vampyre im Nebenzimmer oder auf der Feuerleiter versteckt hielten.
»Und? Wie hat dir dein erster Schultag gefallen?«, rief Debbie aus der Küche, während ich das Wohnzimmer näher in Augenschein nahm.
»Es war ein komisches Gefühl. Ich habe kein Schulgebäude mehr betreten, seit ... Na ja, es ist jedenfalls ziemlich lange her. Alles ist so anders. Als ich ...« Mein Blick fiel auf einen Buchumschlag: *Die drei Musketiere*. »Zwingt dich Donna immer noch, das hier zu lesen?«
Debbie streckte den Kopf durch die Tür. »Ach das

da«, lachte sie. »Das hatte ich gerade beim Wickel, als wir uns kennen gelernt haben, oder?«
»Hmmm. Du konntest es nicht ausstehen.«
»Ehrlich? Komisch. Jetzt mag ich es sehr gern. Es ist eins meiner Lieblingsbücher. Ich empfehle es allen meinen Schülern.«
Mit ironischem Kopfschütteln legte ich das Buch hin und folgte Debbie in die Küche. Sie war klein, aber professionell eingerichtet. Es duftete köstlich nach frischem Teig. »Donna hat dir offenbar eine Menge beigebracht«, bemerkte ich. Debbies Mutter war gelernte Köchin.
»Ich durfte erst zu Hause ausziehen, als sie mit meinen hausfraulichen Fähigkeiten zufrieden war«, schmunzelte Debbie. »Das Studium war nichts gegen die Prüfungen, die sie mit mir veranstaltet hat.«
»Du hast studiert?«
»Sonst wäre ich wohl kaum Lehrerin geworden.«
Sie schob ein Blech Hefeschnecken in einen Miniofen, knipste das Licht aus und ging vor mir her ins Wohnzimmer. Dort ließ ich mich in einen der weichen Sessel sinken, Debbie stellte sich ans CD-Regal und suchte Musik aus. »Irgendwelche besonderen Vorlieben?«
»Eigentlich nicht.«
»Mit Rock und Pop bin ich schlecht bestückt. Lieber Jazz oder Klassik?«
»Mir egal.«
Sie zog eine CD heraus und legte sie ein. Wogende,

kraftvolle Musik erfüllte das Zimmer. Debbie blieb neben dem CD-Player stehen. »Gefällt es dir?«, fragte sie.

»Nicht schlecht. Was ist das?«

»*Der Titan.* Rate mal, wer der Komponist ist.«

»Mahler?«

»Genau. Ich dachte, ich spiele es dir lieber vor, damit du es schon mal gehört hast. Mr. Chivers regt sich immer schrecklich auf, wenn seine Schüler ein Stück von Mahler nicht sofort erkennen.« Debbie setzte sich neben mich und betrachtete schweigend mein Gesicht. Es war mir unangenehm, doch ich hielt still. »Also dann«, seufzte sie. »Magst du erzählen?«

Ich hatte mit Mr. Crepsley und Harkat besprochen, was ich auf diese Frage antworten sollte, und stürzte mich ohne Zögern in die Geschichte, die wir uns ausgedacht hatten. Ich erklärte Debbie, ich litte an einer seltenen Krankheit, die bewirkte, dass ich langsamer alterte als andere Menschen. Ich erinnerte sie an den Schlangenjungen Evra Von, den sie seinerzeit kennen gelernt hatte, und behauptete, wir beide seien Patienten einer Spezialklinik.

»Ihr seid gar keine Brüder?«, fragte Debbie.

»Nein. Und der Mann, mit dem wir damals unterwegs waren, war auch nicht unser Vater. Es war ein Pfleger aus der Klinik. Deshalb habe ich dich ihm auch nie vorgestellt. Ich habe es genossen, dass du mich wie einen ganz normalen Jungen behandelt hast, und hatte Angst, dass er mir den Spaß verdirbt.«

»Wie alt bist du denn nun *wirklich*?«

»Nicht viel älter als du. Die Krankheit brach erst aus, als ich zwölf war. Davor war ich ein ziemlich normales Kind.«

Debbie dachte gründlich über das Erzählte nach, wie es ihre Art war. Schließlich sagte sie: »Wenn das stimmt, was machst du dann in der Schule? Noch dazu ausgerechnet in meiner?«

»Ich wusste nicht, dass du am Mahler unterrichtest«, erwiderte ich. »Es ist ein verrückter Zufall. Ich wollte wieder zur Schule gehen, weil ... Das ist schwer zu erklären. Ich habe keine ordentliche Schulbildung. Als Kind war ich wild und aufsässig und habe lieber geangelt oder Fußball gespielt, statt zu lernen. Aber seit einiger Zeit habe ich auf einmal das Gefühl, etwas verpasst zu haben. Vor ein paar Wochen habe ich dann einen Mann kennen gelernt, der Dokumente fälscht, Pässe, Geburtsurkunden und so weiter. Ich habe bei ihm einen falschen Ausweis bestellt, aus dem hervorgeht, dass ich erst fünfzehn bin.«

»Aber wieso? Weshalb bist du nicht wie andere Erwachsene auf die Abendschule gegangen?«

»Weil ich nicht wie ein Erwachsener aussehe.« Ich machte ein trauriges Gesicht. »Du kannst dir ja nicht vorstellen, wie elend man sich fühlt, wenn man so langsam wächst, wenn man Fremden dauernd Erklärungen schuldet und genau weiß, dass über einen geredet wird. Ich gehe nur selten unter Leute. Ich lebe zurückgezogen und halte mich so viel wie möglich drinnen auf. Aber hier habe ich eine Gelegenheit gesehen, so zu tun, als sei ich wie alle anderen. Ich dachte, ich könnte mich unter die Menschen mischen, denen ich äußerlich noch am ähnlichsten bin … fünfzehnjährige Schüler. Wenn ich mich so anzog und so redete wie sie und mit ihnen zur Schule ging, würden sie mich vielleicht akzeptieren. Und ich wäre nicht mehr so einsam.« Ich blickte zu Boden und setzte bekümmert hinzu: »Aber ich nehme an, das hat sich jetzt erledigt.«

Einen Augenblick war es so still, dass man eine Stecknadel hätte fallen hören können. Dann fragte Debbie: »Warum?«

»Weil du jetzt alles weißt und es Mr. Chivers erzählen wirst. Dann muss ich gehen.«

Debbie ergriff meine Hand. »Du bist ein Spinner«, sagte sie freundlich. »Alle anderen können es kaum abwarten, endlich mit der Schule fertig zu sein, nur du bist ganz wild darauf, wieder zur Schule zu gehen. Andererseits ist es auch bewundernswert. Ich finde es toll, dass du etwas lernen willst. Du bist sehr tapfer, und ich werde niemandem ein Sterbenswörtchen verraten.«

»Versprochen?«

»Ich fürchte zwar, irgendwann wird der Schwindel auffliegen, denn ewig kannst du das nicht durchhalten, doch an mir soll es nicht liegen.«

»Danke, Debbie. Ich …« Ich räusperte mich und blickte auf unsere Hände. »Dafür würde ich dich gern küssen, aber ich weiß nicht, ob ich darf.«
Debbie runzelte die Stirn, und ich sah, wie es in ihr arbeitete. Durfte sich eine Lehrerin von einem ihrer Schüler küssen lassen? Dann lachte sie leise und erwiderte: »Na gut. Aber nur auf die Wange.«
Ich hob den Kopf, beugte mich vor und streifte ihre Wange flüchtig mit den Lippen. Ich hätte sie gern richtig geküsst, aber mir war klar, dass das nicht ging. Wir waren zwar gleich alt, doch in Debbies Augen war ich immer noch ein Jugendlicher. Zwischen uns gab es eine unsichtbare Grenze, die wir beide nicht überschreiten konnten, so sehr sich auch der Erwachsene in mir danach sehnte.

Danach redeten wir stundenlang. Debbie berichtete mir, wie sie nach der Schule zur Uni gegangen war, Englisch und Soziologie studiert, nach der Prüfung weitergemacht hatte und Lehrerin geworden war. Nach ein paar Vertretungen außerhalb hatte sie sich in der Stadt um eine feste Stelle beworben, in der sie selbst zur Schule gegangen war und sich noch am ehesten heimisch fühlte. So war sie schließlich ans Mahler gekommen. Dort unterrichtete sie jetzt seit zwei Jahren, und es gefiel ihr gut. Es hatte auch Männer in ihrem Leben gegeben – mit einem hatte sie sich sogar verlobt! –, doch im Moment war sie

solo. Es klang sehr bestimmt, als sie erklärte, sie gedenke es auch zu bleiben!
Sie fragte mich nach jener Nacht vor dreizehn Jahren und was damals mit ihr und ihren Eltern geschehen sei. Ich log ihr vor, der Wein sei nicht in Ordnung gewesen. »Plötzlich seid ihr alle am Tisch eingeschlafen. Ich habe den Pfleger angerufen, der sich um Evra und mich kümmerte. Er kam sofort, untersuchte euch drei und erkannte, dass es nichts Schlimmes war. Er sagte, ihr würdet irgendwann von selbst wieder aufwachen. Also haben wir euch ins Bett gesteckt und sind gegangen. Ich mag sowieso keine Abschiedsszenen.«
Ich erzählte Debbie auch, dass ich im Moment allein lebte. Falls sie sich bei Mr. Blaws erkundigte, würde sie zwar herausfinden, dass ich gelogen hatte, aber ich hielt es für unwahrscheinlich, dass gewöhnliche Lehrer viel Kontakt mit dem Schulamt hatten.
»Dass du in meiner Klasse bist, wird bestimmt noch ganz schön schwierig«, murmelte sie nachdenklich. Inzwischen saßen wir nebeneinander auf dem Sofa. »Wir müssen gut aufpassen. Wenn jemand Verdacht schöpft, dass zwischen uns mal etwas war, müssen wir sofort mit der Wahrheit herausrücken. Sonst bin ich meine Stellung los.«
»Vielleicht hat sich dieses Problem ja bereits erledigt«, warf ich ein.
»Wieso?«
»Es war keine gute Idee, wieder zur Schule zu gehen.

Ich bin in allen Fächern im Rückstand. In manchen, wie in Mathe und Physik, würde es Jahre dauern, bis ich Anschluss finde. Ich glaube, ich sollte das Experiment lieber abbrechen.«

»Kommt nicht infrage«, sagte Debbie aufgebracht. »Das wäre feige.« Sie hielt mir eine frisch gebackene, mit Butter und Marmelade bestrichene Hefeschnecke an den Mund und zwang mich abzubeißen. »Was man angefangen hat, bringt man auch zu Ende, sonst bereut man es später.«

»Esch isch schuh schwer«, protestierte ich mit vollem Mund.

»Unsinn«, widersprach Debbie energisch. »Natürlich wird es nicht ganz leicht. Du musst viel nachholen, brauchst eventuell sogar Nachhilfeunterricht …« Ihre Miene hellte sich auf. »Ich hab's!«

»Was?«

»*Ich* kann dir Nachhilfe geben.«

»Worin?«

Sie knuffte mich. »In allen Fächern, in denen du zurück bist, du Dussel! Du kannst jeden Tag nach der Schule ein, zwei Stunden herkommen. Dann helfe ich dir bei den Hausaufgaben und hole das Versäumte mit dir nach.«

»Wird dir das denn nicht zu viel?«, fragte ich.

»Aber nein«, lächelte sie. »Das mach ich doch gern.«

So erfreulich der Abend auch verlief, er musste einmal enden. Als sich Debbie kurz entschuldigte und ins Bad ging, fielen mir die Vampyre wieder ein, an die ich in der Zwischenzeit überhaupt nicht mehr gedacht hatte. Ob Mr. Crepsley und Harkat welche gesichtet hatten? Ich konnte Debbies Angebot, mir Nachhilfe zu erteilen, unmöglich annehmen, falls ich sie dadurch in unsere Angelegenheiten hineinzog und in Gefahr brachte.

Ich entschloss mich, ihre Rückkehr gar nicht erst abzuwarten, um mich nicht wieder ablenken zu lassen. Hastig kritzelte ich eine kurze Nachricht: »Muss los. War schön bei dir. Bis morgen in der Schule. Schimpf nicht, wenn ich meine Hausaufgaben nicht gemacht habe!«, legte den Zettel auf den leeren Teller und schlich mich aus der Wohnung.

Ich summte zufrieden vor mich hin, während ich die Treppe hinunterlief, blieb draußen vor der Haustür stehen und stieß drei laute Pfiffe aus, wie ich es mit Mr. Crepsley vereinbart hatte. Dann ging ich um Debbies Haus herum und entdeckte Harkat hinter ein paar großen schwarzen Mülltonnen. »Hast du was gesehen?«, fragte ich.

»Nichts und niemanden«, gab er zurück.

Nun erschien auch Mr. Crepsley und schlüpfte zu uns hinter die Mülltonnen. Er machte ein noch ernsteres Gesicht als sonst. »Bei Ihnen auch keine Vampyre?«, erkundigte ich mich.

»Nein.«

»Meister Schick?«

»Auch nicht.«

»Dann ist doch alles bestens.«

»Wie steht's mit Debbie?«, fragte Harkat. »Ist sie vertrauenswürdig?«

»Unbedingt.« Ich lieferte den beiden eine kurze Zusammenfassung des Abends. Der Vampir schwieg und brummte nur etwas Unverständliches. Er wirkte bedrückt und geistesabwesend.

» ... und deshalb haben wir ausgemacht, dass ich jeden Abend nach der Schule zu ihr gehe«, schloss ich meinen Bericht. »Allerdings haben wir noch keine genaue Uhrzeit vereinbart. Das wollte ich erst mit euch besprechen, falls ihr vorhabt, uns weiterhin zu beschatten. Ich halte das zwar für überflüssig, denn ich bin absolut sicher, dass Debbie nicht an einer Verschwörung gegen uns beteiligt ist, aber wenn ihr wollt, können wir den Nachhilfeunterricht auf den späten Abend legen.«

Mr. Crepsley seufzte. »Ich glaube, das wird nicht nötig sein. Ich habe die ganze Gegend gründlich überprüft und keine Hinweise auf Vampyre gefunden. Es wäre zwar besser, wenn du deine Freundin aufsuchst, solange es hell ist, doch ein Hinderungsgrund ist das nicht.«

»Soll das heißen, Sie sind einverstanden?«

»Ja.« Wieder irritierte mich sein bekümmerter Tonfall.

»Was haben Sie denn?«, fragte ich. »Ist es immer noch wegen Debbie?«

»Mit ihr hat es nichts zu tun. Ich ...«

Er blickte uns traurig an. »Ich habe eine schlechte Nachricht.«

»Nämlich?« Ich wechselte einen besorgten Blick mit Harkat.

»Als du im Haus warst, hat mir Mika Ver Leth telepathisch eine kurze Botschaft übermittelt.«

»Geht es um den Lord der Vampyre?«, fragte ich beunruhigt.

»Nein. Es geht um unseren Freund, deinen Mitfürsten Paris Skyle. Er ...« Mr. Crepsley seufzte wieder, dann sagte er dumpf: »Paris ist tot.«

KAPITEL 8

Der Tod des greisen Fürsten war eigentlich keine große Überraschung. Schließlich war er schon über achthundert Jahre alt, der Krieg der Narben hatte an seinen Kräften gezehrt, und als ich den Berg der Vampire verließ, hatte er sehr mitgenommen ausgesehen. Dass es so schnell mit ihm zu Ende gehen würde, hatte ich dennoch nicht erwartet, und ich war sehr bestürzt.

Soweit Mr. Crepsley wusste, war Paris eines natürlichen Todes gestorben. Ganz sicher konnte er zwar erst bei seiner Rückkehr in den Vampirberg sein, denn Vampire müssen sich telepathisch auf das Wesentliche beschränken, doch Mika hatte keine Andeutungen gemacht, dass etwas nicht mit rechten Dingen zugegangen sei.

Ich wollte meinen ehemaligen Meister unbedingt begleiten – eine Bestattung wie diese war ein bedeutendes Ereignis, und unzählige Vampire aus allen Teilen der Welt würden daran teilnehmen –, allerdings war Mr. Crepsley dagegen. »Einer der Fürsten muss stets in der Außenwelt bleiben, für den Fall, dass den anderen etwas zustößt«, erinnerte er mich.

»Ich weiß, dass du Paris gern hattest, aber Mika, Pfeilspitze und Vancha haben ihn viel länger gekannt als du. Einen von ihnen zu bitten, auf die Zeremonie zu verzichten, wäre nicht fair.«
Ich war zwar enttäuscht, doch ich gab nach, denn es wäre selbstsüchtig gewesen, mich vorzudrängen.
»Aber richten Sie den drei anderen aus, sie sollen gut auf sich aufpassen«, trug ich ihm auf. »Ich habe keine Lust, als Einziger übrig zu bleiben. Wenn sie plötzlich alle auf einmal dahinscheiden und ich den Clan allein befehligen soll, gibt es eine Katastrophe!«
»Das kannst du laut sagen«, lachte Harkat, doch es klang nicht fröhlich. »Darf ich wenigstens mitkommen?«, wandte er sich an den Vampir. »Ich würde dem Fürsten gern ... die letzte Ehre erweisen.«
»Mir wäre es lieber, du bliebest bei Darren«, sagte Mr. Crepsley. »Ich habe kein gutes Gefühl dabei, ihn ganz allein zu lassen.«
Harkat nickte verständnisvoll. »Das sehe ich ein. Ich bleibe hier.«
»Danke«, sagte ich leise.
»Tja«, meinte der Vampir, »fragt sich bloß, ob ihr hier die Stellung haltet oder lieber das Feld räumt.«
»Wir bleiben natürlich hier«, erwiderte ich rasch.
So niedergeschlagen der Vampir auch war, da musste er lächeln. »Ich habe mir schon gedacht, dass du dich so entscheiden würdest. Ich habe nämlich durchs Fenster gesehen, wie du deine Lehrerin geküsst hast.«

»Sie haben mir nachspioniert!«, beschwerte ich mich.

»Das war doch meine Aufgabe, oder etwa nicht?«, konterte er. Ich tat empört, dabei hatte er Recht. Deswegen war er schließlich mitgekommen.

»Trotzdem solltet ihr beide euch während meiner Abwesenheit etwas bedeckt halten«, fuhr Mr. Crepsley fort. »Bei einem Angriff hättet ihr ohne mich einen schweren Stand.«

»Wenn Harkat dabei ist, gehe ich das Risiko ein«, erklärte ich.

Der Kleine Kerl zuckte die Achseln. »Von mir aus ... können wir hier bleiben.«

»Meinetwegen«, willigte der Vampir widerstrebend ein. »Aber versprecht mir wenigstens, dass ihr die Suche nach den Mördern so lange unterbrecht, bis ich wieder da bin, und auch sonst allem aus dem Weg geht, was euch in Schwierigkeiten bringen könnte.«

»Da machen Sie sich mal keine Sorgen«, versicherte ich ironisch. »Auf Mörderjagd zu gehen ist im Moment das Letzte, was mir einfällt. Ich muss mich mit Schlimmerem herumschlagen ... mit Hausaufgaben!«

Mr. Crepsley wünschte uns alles Gute, dann machte er sich auf den Weg ins Hotel, um seine Sachen zu packen und aufzubrechen. Als wir dort ankamen, war er schon weg. Bestimmt hatte er die Vororte bereits hinter sich gelassen und war zum Huschen übergegangen. So ganz ohne ihn fühlten wir uns auf einmal allein und sogar ein bisschen ängstlich, aber das verging bald. Er würde höchstens ein paar Wochen wegbleiben. Was konnte in dieser kurzen Zeit schon groß schief gehen?

Die nächsten vierzehn Tage waren kein Zuckerschlecken. Jetzt, da der Vampir fort, die Jagd nach den Vampyren eingestellt war und auch die Zahl der Opfer nicht weiter stieg (in letzter Zeit hatte es keine neuen Mordfälle gegeben), konnte ich mich ganz auf die Schule konzentrieren. Bei allem, was ich aufzuholen hatte, war das auch bitter nötig.

Debbie ließ sich einiges einfallen, um mir das Leben etwas zu erleichtern. Auf ihren Rat hin berief ich mich auf den angeblichen Brand, bei dem ich mit zwölf Jahren beinahe umgekommen war, und behauptete, ich hätte damals lange nicht zur Schule gehen können. Die guten Zensuren in meinen früheren Zeugnissen erklärte ich wiederum damit, dass mein Vater eng mit dem Direktor meiner alten Schule befreundet gewesen war. Mr. Chivers zeigte sich davon nicht besonders beeindruckt, ließ die Sache jedoch auf Debbies Drängen hin auf sich beruhen.

Ich wählte die Fremdsprachen ab und besuchte in Mathe und Physik eine niedrigere Klassenstufe. Unter den Dreizehnjährigen fühlte ich mich zwar noch mehr als Außenseiter, aber wenigstens konnte ich dem Unterricht folgen. Physik und Chemie hatte ich immer noch bei Mr. Smarts, doch er war jetzt nachsichtiger mit mir, weil er wusste, dass meine Unwissenheit nicht nur vorgetäuscht war, und opferte viel Zeit, um mir zu helfen, meinen Rückstand aufzuholen.

Auch Englisch, Geschichte und Erdkunde bereiteten mir weniger Probleme, als ich zunächst befürchtet hatte, denn ich konnte mich in den Freistunden, die durch den Wegfall der Fremdsprachen zustande kamen, in den Unterrichtsstoff vertiefen und zog nach und nach mit meinen Klassenkameraden gleich. Technisches Zeichnen und Computerunterricht machten mir sogar ausgesprochen Spaß. Die Grundkenntnisse des technischen Zeichnens hatte mir seinerzeit noch mein Vater beigebracht, weil er hoffte, ich würde später den Beruf des Zeichners ergreifen. Auch hier holte ich das Versäumte rasch nach. Auf den Computerunterricht freute ich mich zu meiner eigenen Überraschung so sehr wie ein Vampir auf einen Schluck Blut. Meine supergeschickten Finger, die schneller über die Tastatur flogen als die jeder Sekretärin, waren mir in diesem Fach eine große Hilfe.

Allerdings musste ich meine Vampirfähigkeiten ständig unter Kontrolle halten. Es war mir immer noch nicht gelungen, mich mit meinen Klassenkameraden anzufreunden, denn sie waren mir gegenüber nach wie vor argwöhnisch, aber ich hätte an den Ballspielen in den Pausen teilnehmen und mir auf diese Weise ihre Anerkennung sichern können. Ich hätte mich in jeder Sportart mühelos hervorgetan, egal ob in Fußball, Basketball oder Handball, und ein Sieger ist immer beliebt. Die Versuchung, das auszunutzen und auf diese Weise ein paar Freunde zu finden, war groß.

Dennoch widerstand ich ihr. Es war einfach zu riskant.

Ich hatte nicht nur Angst, übermenschlich zu erscheinen, wenn ich zum Beispiel höher sprang als jeder Basketballprofi, und dadurch Aufsehen zu erregen, sondern ich fürchtete vor allem, jemanden zu verletzen. Wenn mir ein Mitschüler beim Fußball einen Rippenstoß versetzte, würde ich womöglich ausrasten und zurückboxen, und meine Boxhiebe konnten einen Menschen durchaus ins Krankenhaus bringen – oder gar ins Grab!

Daher war gerade der Sportunterricht ziemlich unbefriedigend, denn ich musste meine Fähigkeiten absichtlich hinter einer gespielten Unbeholfenheit und Ängstlichkeit verbergen. Der Englischunterricht war seltsamerweise genauso enttäuschend. Natürlich war es wunderbar, mit Debbie zusammen zu sein, doch wir mussten die ganze Zeit Theater spielen, um keinen Verdacht zu erregen. Jegliche Vertraulichkeit musste vermieden werden. Wir gingen kühl und distanziert miteinander um, und die vierzig Minuten (mittwochs und freitags sogar achtzig, weil ich eine Doppelstunde hatte) verstrichen mit quälender Langsamkeit.

Anders war es, wenn ich nach der Schule und am Wochenende zum Nachhilfeunterricht zu ihr nach Hause ging. Dann brauchten wir uns nicht zu verstellen und konnten ungezwungen miteinander umgehen und plaudern. Wir machten es uns auf dem Sofa mit einer Flasche Wein gemütlich und sahen alte Filme im Fernsehen oder hörten Musik und redeten über früher.

Meistens aß ich auch mit Debbie zu Abend. Sie war eine leidenschaftliche, experimentierfreudige Köchin und zauberte wahre Festessen. Ich nahm sogar ein paar Kilo zu und musste spätabends ein paar Runden joggen, um nicht auseinander zu gehen wie ein Pfannkuchen.

Trotzdem waren die Abende bei Debbie nicht nur Erholung und Schlemmerei. Sie war entschlossen, meine Schulbildung auf ein angemessenes Niveau zu bringen, und arbeitete zwei oder drei Stunden pro Tag mit mir an meinen Fächern. Das fiel ihr nicht leicht, denn abgesehen davon, dass sie nach ihrem Arbeitstag müde war, hatte sie selbst wenig Ahnung von Mathe, Erdkunde und Naturwissenschaften. Aber sie kniete sich in den fremden Stoff hinein und gab mir auf diese Weise ein Beispiel, dem ich nacheiferte.

»Dein Stil lässt zu wünschen übrig«, bemerkte sie eines Abends, als sie einen von mir verfassten Aufsatz durchgelesen hatte. »Dein Wortschatz ist gut, doch du hast ein paar schlechte Angewohnheiten, die du loswerden solltest.«

»Zum Beispiel?«

»Zum Beispiel dieser Satz hier: ›Ich und John gingen zum Kiosk und kauften uns einen Comic.‹ Was stimmt da nicht?«

Ich dachte nach. »Wir kauften uns eine Tageszeitung?«, schlug ich vor.

Debbie warf das Heft nach mir. »Lass den Quatsch«, kicherte sie.

Ich hob das Heft auf und las den Satz noch einmal. »Muss es etwa ›John und ich‹ heißen?«

Debbie nickte. »Du nennst dich selbst immer zuerst. Das ist schlechter Stil. Gewöhn es dir ab.«

»Ich weiß«, seufzte ich. »Aber es sitzt nun mal so drin. Ich führe Tagebuch und schreibe seit fünfzehn Jahren ›ich und irgendwer‹. Es kam mir immer viel logischer vor.«

»Wer behauptet denn, dass die englische Sprache logisch ist?«, zog mich Debbie auf. Dann fügte sie mit hochgezogenen Augenbrauen an: »Ich wusste gar nicht, dass du Tagebuch schreibst.«

»Seit ich neun bin. Da stehen alle meine Geheimnisse drin.«

»Ich will doch hoffen, du schreibst nicht über *mich*. Wenn das in falsche Hände gerät …«

»Hmmm«, grinste ich. »Ich könnte ja versuchen, dich zu erpressen.«

»Wehe!«, fauchte Debbie. Dann sagte sie ernst: »Ich finde wirklich, du solltest nichts über uns beide schreiben, Darren. Und wenn es unbedingt sein muss, dann nur verschlüsselt, oder du denkst dir einen anderen Namen für mich aus. Tagebücher fallen manchmal in falsche Hände, und wenn unsere Freundschaft öffentlich würde, hätte ich ziemliche Schwierigkeiten, die Sache richtig zu stellen.«
»Na gut. In letzter Zeit bin ich sowieso nicht zum Schreiben gekommen, weil ich zu viel zu tun hatte. In Zukunft werde ich gebührende Zurückhaltung walten lassen.« Das war eine von Debbies Lieblingsredewendungen.
»Und achte drauf, dass du schreibst ›Miss X und ich‹, nicht ›ich und Miss X‹«, ergänzte sie belehrend und kreischte, als ich mich auf sie stürzte und sie so lange durchkitzelte, bis sie knallrot im Gesicht war.

KAPITEL 9

Zu Beginn der dritten Schulwoche freundete ich mich endlich mit jemandem an. Richard Montrose war ein kleiner Junge mit mausbraunem Haar, den ich aus dem Englisch- und Geschichtskurs kannte. Er war ein Jahr jünger als die meisten anderen Schüler, sagte nicht viel, wurde von den Lehrern jedoch immer sehr gelobt, was ihn natürlich zur Zielscheibe für Grobiane machte.

Da ich mich nicht an den Spielen auf dem Hof beteiligte, wanderte ich in den Pausen meistens unschlüssig umher oder zog mich in den Computerraum zurück, der im dritten Stock auf der Rückseite des Schulgebäudes lag.

Auch am Dienstag hielt ich mich dort auf, als ich plötzlich auf dem Gang eine Rauferei hörte. Ich ging nachsehen, was los war, und stellte fest, dass Smickey Martin, der Typ, der mich an meinem ersten Schultag als Arschgesicht beschimpft hatte, zusammen mit drei Kumpels Richard an die Wand drückte. Smickey wühlte in den Taschen des Jüngeren. »Du weißt, dass du uns noch was schuldest, Monty«, lachte er hämisch. »Wenn wir dir die Kohle

nicht abnehmen, tut's ein anderer. Und uns kennst du wenigstens.«
»Bitte, Smickey«, flehte Richard. »Diese Woche nicht. Ich muss mir einen neuen Atlas kaufen.«
»Hättest eben besser auf deinen alten aufpassen sollen«, kicherte Smickey.
»*Du* hast ihn mir doch zerrissen, du …« Richard besann sich, bevor er sein Gegenüber beschimpfte.
Smickey machte eine drohende Pause. »*Was* wolltest du da eben sagen, Monty?«
»Nichts«, keuchte Richard, der jetzt richtig Angst bekam.
»O doch«, knurrte Smickey. »Haltet ihn fest, Jungs. Ich werd ihm beibringen, wie man mit …«
»Du bringst ihm gar nichts bei«, sagte ich ruhig hinter ihm.
Smickey fuhr herum. Als er mich erkannte, lachte er. »Der kleine Darrsy Horston«, höhnte er. »Was willst du denn hier?« Ich antwortete nicht, sondern blickte ihn nur ungerührt an. »Zieh Leine, Horsty«, sagte Smickey. »Dich sind wir noch nicht um Kohle angegangen … Aber was nicht ist, kann ja noch werden!«
»Von mir kriegt ihr nichts«, erklärte ich. »Von Richard ab jetzt auch nicht mehr. Und auch von sonst niemandem.«
»Ach nee?« Seine Augen wurden schmal. »Du reißt das Maul ganz schön weit auf, Horsty. Nimm das zurück, dann lass ich dich diesmal noch laufen.«

Entschlossen, den Mistkerl ein für alle Mal in die Schranken zu verweisen, trat ich einen Schritt vor. Smickey runzelte überrascht die Stirn, dann grinste er, packte Richard am Arm und stieß ihn auf mich zu. Der Junge schrie auf, und ich sprang automatisch zur Seite, ganz auf Smickey konzentriert, doch dann hörte ich hinter mir einen harten Aufprall. Ich warf einen Blick über die Schulter und sah, dass Richard gegen das Treppengeländer getaumelt war und im nächsten Moment kopfüber drei Stockwerke in die Tiefe stürzen würde! Ich machte einen Satz und griff nach seinen Füßen. Den linken erwischte ich nicht mehr, aber ich packte ihn am rechten Knöchel, bevor er über das Geländer kippte. Ich krallte die Finger in das Hosenbein seiner Schuluniform und stöhnte, als mich sein Körpergewicht unsanft gegen die Geländerstäbe drückte. Es gab ein reißendes Geräusch, und ich fürchtete schon, Richards Hosennähte würden reißen und ich hätte im nächsten Moment nur noch den Stoff in der Hand. Doch die Hose hielt, und ich zog den wimmernden Jungen zurück über das Geländer und stellte ihn auf die Füße.

Als das erledigt war, wollte ich mich wieder Smickey Martin und seiner Bande zuwenden, allerdings hatten die inzwischen das Weite gesucht. »Verdammte Feiglinge«, brummte ich, dann fragte ich Richard, ob mit ihm alles in Ordnung sei. Er nickte schwach, sagte jedoch nichts. Ich ließ ihn einfach

stehen und ging wieder in den leise summenden Computerraum.
Kurz darauf erschien Richard in der Tür. Er zitterte immer noch, aber diesmal lächelte er. »Du hast mir das Leben gerettet«, sagte er. Ich zuckte die Achseln und starrte scheinbar versunken auf den Bildschirm. Nach einer Pause sagte Richard: »Danke.«
»Keine Ursache.« Ich blickte auf. »Drei Stock ist nicht besonders hoch. Wahrscheinlich hättest du dir bloß ein paar Rippen gebrochen.«
»Glaub ich nicht«, erwiderte Richard. »Ich wäre im Steilflug runter, wie ein Flugzeug.« Er setzte sich neben mich und betrachtete den Monitor. »Programmierst du einen Bildschirmschoner?«
»Ja.«
»Ich weiß, wo man ein paar echt gute Szenen aus Science-Fiction- und Horrorfilmen herkriegt. Soll ich's dir mal zeigen?«
Ich nickte. »Cool.«
Seine Finger huschten über die Tastatur, und bald waren wir so in ein Gespräch über Schule, Hausaufgaben und Computer vertieft, dass der Rest der Mittagspause wie im Flug verging.

Richard tauschte in Englisch und Geschichte den Platz mit meinem Nebenmann und ließ mich seine Notizen abschreiben. Er hatte eine spezielle Kurzschrift entwickelt, mit der er alles festhielt, was in der Stunde gesagt wurde. Außerdem verbrachte er die meisten Pausen mit mir. Er holte mich aus dem Computerraum und machte mich mit seinen anderen Freunden bekannt. Sie nahmen mich zwar nicht gerade mit offenen Armen auf, aber immerhin hatte ich jetzt ein paar Leute, mit denen ich mich ab und zu unterhalten konnte.

Es war lustig, mit ihnen herumzuhängen und über Fernsehsendungen, Comics, Bücher und (natürlich!) Mädchen zu reden. Ich und Harkat, nein – *Harkat und ich* –, hatten Fernseher auf unseren Hotelzimmern, und ich gewöhnte mir an, jeden Abend die angesagten Sendungen zu schauen. Die meisten Lieblingssendungen meiner neuen Freunde waren ziemlich klischeehaftes, ödes Zeug, aber ich tat so, als wäre ich davon genauso begeistert wie sie.

Die Woche ging rasch vorüber, und schon war wieder Samstag. Zum ersten Mal war ich nicht so begeistert von der Aussicht auf zwei schulfreie Tage, denn Richard besuchte seine Großeltern. Aber der Gedanke, das Wochenende mit Debbie zu verbringen, heiterte mich wieder auf.

Ich hatte viel über Debbie und unsere Beziehung nachgedacht. Als Jugendliche hatten wir einander einmal sehr nahe gestanden, und inzwischen war sie mir vertrauter als je zuvor. Mir war bewusst, dass manches problematisch war, zum Beispiel mein Äußeres, doch nachdem ich so viel Zeit mit ihr verbracht hatte, war ich davon überzeugt, dass wir diese Probleme überwinden und da weitermachen könnten, wo wir dreizehn Jahre zuvor hatten aufhören müssen.

An diesem Freitagabend nahm ich all meinen Mut zusammen, und als wir wieder nebeneinander auf dem Sofa saßen, beugte ich mich zu Debbie hinüber und versuchte sie zu küssen.

Sie sah überrascht aus, schubste mich sanft weg und lachte verlegen. Als ich es noch einmal versuchte, verwandelte sich ihre Überraschung in eisige Ablehnung, und sie stieß mich mit Nachdruck von sich.

»Nein!«, fauchte sie.

»Warum denn nicht?«, fragte ich bestürzt.

»Ich bin deine Lehrerin«, erwiderte Debbie und stand auf. »Und du bist mein Schüler. Es gehört sich nicht.«

»Ich will nicht dein Schüler sein.« Ich stand ebenfalls auf. »Ich möchte dein Freund sein.«

Wieder beugte ich mich vor, um sie zu küssen, da gab sie mir eine kräftige Ohrfeige. Völlig verblüfft starrte ich sie blinzelnd an. Sie schlug noch einmal zu, diesmal jedoch nicht so fest. Tränen standen ihr in den Augen. Sie zitterte.

»Debbie«, ächzte ich. »Ich wollte dich nicht …«

»Geh jetzt«, schnitt sie mir das Wort ab. Ich wich ein paar Schritte zurück, dann blieb ich stehen und öffnete protestierend den Mund. »Nein«, kam mir Debbie zuvor. »Sag nichts. Geh einfach.«

Ich nickte traurig, wandte mich ab und ging zur Tür. Mit der Hand auf der Klinke und ohne mich umzu-

drehen, sagte ich: »Ich wollte dir nur zeigen, wie gern ich dich habe. Ich habe es nicht böse gemeint.«
Nach kurzem Schweigen seufzte Debbie und erwiderte: »Ich weiß.«
Dann wagte ich einen flüchtigen Blick über die Schulter. Debbie verschränkte die Arme vor der Brust und blickte zu Boden. Sie weinte fast. »Sind wir noch Freunde?«, fragte ich.
»Ich weiß nicht«, antwortete sie ehrlich. Sie blickte auf, und ich sah die Verwirrung in ihren tränenfeuchten Augen. »Lassen wir die Sache ein paar Tage auf sich beruhen. Wir können am Montag darüber reden. Ich muss erst nachdenken.«
»Gut.« Ich öffnete die Tür und trat auf den Gang, dann sagte ich rasch: »Du willst es vielleicht nicht hören, aber ich liebe dich, Debbie. Ich habe noch nie jemanden so geliebt wie dich.« Bevor sie antworten konnte, zog ich die Tür hinter mir zu und schlich die Treppe hinunter wie eine Ratte, der man einen Tritt gegeben hat.

KAPITEL 10

Ich eilte im Laufschritt durch die Straßen, als könnte ich auf diese Weise meinen Problemen davonrennen, und dachte mir aus, was ich alles hätte sagen können, um Debbie für mich zu gewinnen. Ich war davon überzeugt, dass sie das Gleiche für mich empfand wie ich für sie, aber mein Äußeres irritierte sie. Ich musste sie dazu bringen, mich nicht länger als Kind, sondern als Erwachsenen zu betrachten. Und wenn ich ihr einfach die Wahrheit sagte? Ich malte mir die Unterredung aus.

»Debbie, ich muss dir ein Geständnis machen ... Ich bin ein Vampir.«

»Wie nett.«

»Stört dich das nicht?«

»Wieso denn?«

»Ich trinke Menschenblut! Ich schleiche um Mitternacht umher, überfalle Schlafende und schlitze ihnen die Adern auf!«

»Ach, wir haben doch alle unsere kleinen Fehler.«

Bei der Vorstellung musste ich lächeln. In Wirklichkeit hatte ich keine Ahnung, wie Debbie reagieren würde. Ich hatte mich noch nie einem Menschen anvertraut. Schließlich hätte ich nicht gewusst, wo oder wie ich hätte anfangen sollen oder was derjenige dazu sagen würde. *Ich* wusste ja, dass Vampire keine Mörder waren, keine gefühllosen Monster wie in Büchern und Horrorfilmen – doch wie sollte ich das anderen Leuten glaubhaft machen?

»Verfluchte Menschen!«, grummelte ich und versetzte einem Briefkasten einen wütenden Tritt. »Verfluchte Vampire! Warum sind wir nicht alle Schildkröten oder so was!«

Bei diesem albernen Wunsch sah ich mich um und stellte fest, dass ich keine Ahnung hatte, in welchem Stadtviertel ich mich befand. Deshalb machte ich mich auf die Suche nach einem vertrauten Straßennamen, um mir über den Heimweg klar zu werden.

Die Straßen waren so gut wie menschenleer. Seit die geheimnisvollen Mörder ihre Aktivitäten eingestellt hatten oder weitergewandert waren, hatte man auch die Soldaten wieder abgezogen. Zwar patrouillierten noch Polizeistreifen durch die Stadt, doch die Absperrungen waren verschwunden, und man konnte sich wieder ungehindert bewegen. Das Ausgangsverbot allerdings war noch in Kraft, und die meisten Bürger hielten sich nur zu gern daran.

Mir gefiel es in den dunklen, stillen Straßen. Wie ich so allein durch die schmalen, gewundenen Gassen streifte, fühlte ich mich in die Gänge des Vampirberges zurückversetzt. Es war tröstlich, an Seba Nile, Vanez Blane und die anderen zu denken und Liebes-

kummer, Schule oder schicksalsträchtige Aufträge eine Weile zu vergessen.
Beim Gedanken an den Vampirberg kam mir Paris Skyle wieder in den Sinn. Ich war so beschäftigt mit Debbie und der Schule gewesen, dass ich keine Zeit gehabt hatte, über den Tod des Fürsten zu trauern. Der alte Vampir würde mir fehlen. Er hatte mir eine Menge beigebracht, und wir hatten auch viel Spaß miteinander gehabt. Mit einem großen Schritt stieg ich über einen Haufen Abfall, der über eine besonders dunkle Straße verstreut lag, und erinnerte mich, wie Paris vor einigen Jahren einer Kerze zu nahe gekommen war und sich den Bart in Brand gesteckt hatte. Wie ein Rumpelstilzchen war er kreischend durch die Fürstenhalle gehüpft und hatte nach den Flammen geschlagen, bis …
Etwas traf mich brutal am Hinterkopf, und ich fiel hin, mitten in den Müll. Ich schrie auf, Paris' Bild verschwamm. Blitzschnell rollte ich mich zur Seite und bedeckte den Kopf schützend mit beiden Händen. Ein silberner Gegenstand krachte mit solcher Wucht auf die Stelle nieder, wo sich eben noch mein Kopf befunden hatte, dass die Funken sprühten.
Ohne weiter auf meinen verletzten Schädel zu achten, rappelte ich mich auf und sah mich nach etwas um, mit dem ich mich verteidigen konnte. Nicht weit entfernt lag der Plastikdeckel eines Abfalleimers. Er würde zwar nicht viel nützen, aber etwas

Besseres stand mir nicht zur Verfügung. Deshalb bückte ich mich hastig, schnappte ihn mir und hielt ihn wie einen Schild vor mich. Dann wirbelte ich herum, um mich der Attacke meines Angreifers zu stellen, der mit übermenschlicher Geschwindigkeit auf mich zugeschnellt kam.

Etwas Goldenes blitzte auf, krachte auf meinen behelfsmäßigen Schild nieder und zerschnitt ihn in zwei Teile. Jemand kicherte glucksend – es klang irr und abgrundtief böse.

Einen schrecklichen Augenblick lang fürchtete ich, Murloughs Geist sei zurückgekehrt, um sich zu rächen. Aber das war Unsinn. Ich glaubte zwar an Geister – schließlich war Harkat einer gewesen, bevor ihn Meister Schick wieder zum Leben erweckt hatte –, doch dieser Bursche war viel zu handfest für einen Geist.

»Ich hack dich in Stücke!«, prahlte mein Angreifer und umkreiste mich lauernd. Seine Stimme klang seltsam vertraut, aber ich konnte sie beim besten Willen nicht zuordnen.

Ich musterte seine Silhouette. Er trug dunkle Kleidung, über das Gesicht hatte er eine Kapuzenmütze gezogen. Darunter ragte ein Stück Bart hervor. Er war groß und bullig – jedoch nicht so aufgeschwemmt wie Murlough –, und über seinen gefletschten Zähnen funkelten zwei blutrote Augen. Er hatte keine Hände, sondern zwei metallene Verlängerungen an den Enden seiner Arme – eine aus

Gold, die andere aus Silber. An jeder saßen drei scharfe, todbringende Haken.
Der Vampyr – seine Augen und seine Geschwindigkeit verrieten ihn als solchen – schlug wieder zu. Er war schnell, aber ich wich den Todeshaken aus, die sich hinter mir in die Hauswand bohrten und einen beeindruckenden Krater hinterließen, als er sie wieder herauszog. Es dauerte nur einen Atemzug, bis sich mein Angreifer wieder befreit hatte, doch diesen Augenblick nutzte ich zum Gegenschlag und trat ihm gegen die Brust. Er hatte die Attacke erwartet und riss den anderen Arm nach unten, erwischte mich voll am Schienbein und schlug das Bein brutal unter mir weg.
Ich heulte auf, als mir der Schmerz bis in die Hüfte hochschoss. Wie rasend hüpfte ich auf dem anderen Bein und schleuderte den unbrauchbar gewordenen Mülleimerdeckel auf den Vampyr. Er duckte sich lachend. Ich versuchte davonzurennen – es ging nicht. Mein verletztes Bein trug mich nicht mehr, und schon nach ein paar Schritten brach ich hilflos zusammen.
Sofort rollte ich mich auf den Rücken und starrte den Vampyr mit der Klauenhand an, der sich mir genüsslich näherte und dabei die Arme drohend hin und her schaukeln ließ. Seine Klauen schrammten mit schaurigem Kratzen aneinander. »Jetzt mach ich Hackfleisch aus dir«, fauchte der Vampyr. »Langsam und qualvoll. Mit deinen Fingern fange ich an.

Schneide dir einen nach dem anderen ab. Dann kommen die Hände dran. Dann die Zehen. Dann ...«

Ein lautes Schnalzen ertönte, gefolgt von einem Zischen, das die Luft zerteilte. Etwas schoss am Kopf des Vampyrs vorbei, verfehlte ihn nur knapp, traf die Mauer und blieb dort stecken – ein kurzer, dicker Pfeil mit stählerner Spitze. Der Vampyr duckte sich fluchend und verbarg sich in der Dunkelheit der Gasse.

Wie Spinnen krochen die Sekunden langsam meine Wirbelsäule hinauf. Außer dem wütenden Schnaufen des Vampyrs und meinem unterdrückten Schluchzen war nichts zu hören. Der unsichtbare Bogenschütze gab keinen Laut von sich. Der Vampyr wich langsam zurück, suchte meinen Blick und fletschte die Zähne: »Wir sehen uns noch«, versprach er mir. »Du wirst langsam sterben, unter Höllenqualen. Ich zerschneide dich. Erst die Finger. Einen nach dem anderen.« Mit diesen Worten drehte er sich um und rannte davon. Ein zweiter Pfeil wurde auf ihn abgefeuert, doch er zog den Kopf ein, und das Geschoss verfehlte ihn abermals, bohrte sich in eine riesige Mülltüte. Der Vampyr stürzte aus der Gasse auf die breitere Straße hinaus und verschwand in der Nacht.

Eine ganze Weile passierte überhaupt nichts. Dann vernahm ich Schritte. Ein Mann mittlerer Größe trat aus der Dunkelheit. Er war schwarz gekleidet und hatte sich einen langen Schal um den Hals geschlungen. Seine Hände steckten in Handschuhen. Er hatte graues Haar, obwohl er nicht alt war, und sein Gesichtsausdruck wirkte streng. In der Hand hielt er eine Waffe, die wie ein Gewehr aussah, aus dessen Ende ein Pfeil mit Stahlspitze ragte. Eine zweite Waffe dieser Art hing über seiner linken Schulter.

Ich setzte mich ächzend auf und versuchte mein rechtes Bein durch kräftiges Reiben wieder zum Leben zu erwecken. »Vielen Dank auch«, sagte ich, als der Mann näher heran war. Er antwortete nicht, sondern ging weiter auf den Ausgang der Gasse zu, wo er die Umgebung nach dem Vampyr absuchte.

Schließlich drehte sich der Grauhaarige um, kam zurück und blieb ein paar Meter von mir entfernt stehen. Die eigenartige Waffe lag noch immer in seiner rechten Hand, doch sie zeigte nicht nach unten auf den Boden – sie zielte direkt auf *mich*.

»Würde es Ihnen etwas ausmachen, das Ding zu senken?«, fragte ich und zwang mich zu einem kläglichen Lächeln. »Sie haben mir gerade das Leben gerettet. Wäre doch schade, wenn der Pfeil aus Versehen losgeht und mich tötet.«

Der Fremde antwortete nicht sofort. Auch die Waffe blieb auf mich gerichtet. Nichts an ihm signalisierte so etwas wie Mitgefühl. »Wundert es dich nicht, dass ich dein Leben verschont habe?«, fragte er dann. Wie bei dem Vampyr hatte ich auch bei ihm den Eindruck, die Stimme von irgendwoher zu kennen, und wieder konnte ich sie nicht einordnen.

»Ich ... eigentlich schon«, erwiderte ich lahm, den Blick ängstlich auf die Waffe gerichtet.

»Weißt du, warum ich dich verschont habe?«

Ich schluckte. »Etwa aus Mitleid oder Nächstenliebe?«

»Kann sein.« Er kam einen Schritt näher. Die Spitze der Waffe zielte jetzt genau auf mein Herz. Wenn er abdrückte, riss er mir ein Loch von der Größe eines Fußballs in die Brust. »Vielleicht wollte ich dich aber auch für mich selbst aufsparen!«, zischte er.

»Wer sind Sie?«, fragte ich mit zugeschnürter Kehle und drückte mich furchtsam an die Mauer.

»Erkennst du mich denn nicht?«

Ich schüttelte den Kopf. Zwar wusste ich, dass ich sein Gesicht schon einmal gesehen hatte, der dazugehörige Name wollte mir jedoch nicht einfallen.

Der Mann stieß zischend die Luft aus. »Komisch. Ich hätte schwören können, dass du mich nicht vergessen hast. Aber ich muss zugeben, es ist lange her, und die Jahre sind mit mir nicht so schonend umgegangen wie mit dir. Vielleicht erinnerst du dich ja an *das da.*« Er streckte seine Linke aus. In den Handschuh war über der Handfläche ein Loch geschnitten. Es war eine ganz normale Handfläche, bis auf eine Besonderheit – in ihrer Mitte bildeten zwei Schnitte im Fleisch ein unbeholfenes Kreuz.

Ich starrte auf das rosige, empfindlich aussehende

Kreuz und fühlte mich mit einem Schlag in die Vergangenheit versetzt, in jene Nacht auf dem Friedhof als frisch gebackener Vampirgehilfe. Plötzlich sah ich wieder den Jungen vor mir, dem ich das Leben gerettet hatte, den Jungen, der neidisch auf mich war, weil er glaubte, ich hätte mich hinter seinem Rücken mit Mr. Crepsley zusammengetan und ihn hintergangen.

»Steve!«, keuchte ich. Mein Blick wanderte von dem Kreuz zu seinen kalten, unbarmherzigen Augen. *»Steve Leopard!«*

Er nickte finster.

Steve Leopard, damals mein bester Freund. Der zornige, verwirrte Junge, der geschworen hatte, Vampirjäger zu werden, sobald er erwachsen war – damit er mich verfolgen und töten konnte!

KAPITEL 11

Er stand so dicht vor mir, dass ich problemlos nach dem Gewehrlauf hätte greifen und ihn wegdrücken können. Doch ich war vor Staunen wie gelähmt, und zu keiner Handlung fähig. Als Debbie Schierling in mein Klassenzimmer spaziert kam, war mir schon die Spucke weggeblieben, aber dass Steve Leopard (sein richtiger Nachname war Leonard) plötzlich aus dem Nichts auftauchte, war noch zehnmal unheimlicher.

Nach einer Weile ließ Steve zu meiner Erleichterung endlich die Waffe sinken und schob sie in einen Gurt auf seinem Rücken. Er streckte die Hände aus, packte mich knapp über dem linken Ellbogen und zog mich hoch. Ich gehorchte wie eine willenlose Marionette.

»Hab dich ganz schön erschreckt, was?«, sagte er – und grinste.

»Willst du mich denn nicht töten?«, stieß ich hervor.

»Wohl kaum!« Er ergriff meine Rechte und schüttelte sie unbeholfen. »Hallo, Darren, alter Freund. Freut mich, dich wieder zu sehen.«

Ungläubig blickte ich erst auf unsere ineinander ver-

schränkten Hände, dann in sein Gesicht. Schließlich umarmte ich ihn so fest, als wollte ich ihn nie wieder loslassen. »Steve!«, schluchzte ich an seiner Schulter.
»Hör schon auf«, brummte er, und ich hörte, dass auch seine Stimme schwankte. »Wenn du so weitermachst, breche ich auch noch in Tränen aus.« Er schob mich von sich und wischte sich lächelnd über die Augen.
Ich trocknete mir die Wangen und strahlte ihn an. »Du bist es wirklich!«
»Wer denn sonst? Oder kennst du noch jemanden, der so gut aussieht wie ich?«
»Bescheiden wie eh und je«, frotzelte ich zurück.
»Bescheidenheit hab ich nicht nötig«, konterte er hochnäsig, doch dann musste er selbst lachen. »Kannst du laufen?«
»Höchstens humpeln.«
»Dann stütz dich auf mich. Ich will hier weg. Womöglich kommt Hakenmann zurück und bringt seine Freunde mit.«
»*Hakenmann*? Ach, du meinst den Vam…« Ich unterbrach mich. Wie gut kannte sich Steve mit den Geschöpfen der Nacht aus?
»Den Vampyr«, vervollständigte er das Wort und nickte ernst.
»Du weißt über die Vampyre Bescheid?«
»Wie du siehst.«
»Hat der mit der Hakenhand etwa die vielen Leute umgebracht?«

»Ja. Aber er ist nicht allein. Ich erklär's dir später. Erst mal müssen wir dich von hier wegbringen und ein bisschen sauber machen.« Ich stützte mich auf Steve, und er führte mich den Weg zurück, den ich gekommen war. Als wir so Arm in Arm nebeneinander gingen, fragte ich mich, ob ich nicht etwa doch bewusstlos auf der Gasse lag. Ohne den Schmerz in meinem Bein, der nur allzu wirklich war, hätte ich geglaubt, alles wäre nur ein Wunschtraum.

Steve brachte mich in den fünften Stock eines heruntergekommenen Wohnhauses. Viele Türen, an denen wir im Treppenhaus vorbeikamen, waren mit Brettern zugenagelt oder eingetreten. »Nette Nachbarn«, bemerkte ich ironisch.
»Das Haus soll abgerissen werden«, sagte Steve. »Ein paar Wohnungen sind noch bewohnt, meistens von alten Leuten, die nirgendwo anders hinkönnen, aber alle anderen stehen leer. Ich mag solche Häuser lieber als Hotels und Pensionen. Hier habe ich genug Platz und bin ungestört ... Das ist für meine Zwecke wichtig.«
Vor einer ramponierten braunen Tür, die mit einem schweren Vorhängeschloss und einer Kette gesichert war, machte Steve Halt. Er wühlte in seinen Taschen, förderte einen Schlüssel zu Tage, öffnete das Vorhängeschloss, nahm die Kette ab und stieß die Tür auf. In der Wohnung roch es muffig, doch Steve schob mich ohne große Umstände über die

Schwelle und schloss hinter uns die Tür. Es war stockdunkel. Er zündete eine Kerze an. »Kein Strom«, erklärte er. »Die unteren Wohnungen sind noch an das Stromnetz angeschlossen, hier oben ist er seit letzter Woche abgestellt.«
Er führte mich vorsichtig in ein unordentliches Wohnzimmer und half mir, mich auf ein Sofa zu legen, das schon bessere Tage gesehen hatte. Die Polster waren zerschlissen und an mehreren Stellen ragten die Sprungfedern aus dem Bezug. »Spieß dich ja nicht auf!«, lachte Steve.
»Streikt dein Innenarchitekt gerade?«, fragte ich.
»Mecker nicht rum«, wies er mich zurecht. »Das hier ist ein ausgezeichneter Stützpunkt. Wenn ich dich in irgendein schickes Hotel gebracht hätte, müssten wir uns eine Erklärung für dein Bein und unsere verdreckten Kleider einfallen lassen. Ganz zu schweigen *davon* …« Er nahm die beiden Pfeilgewehre von der Schulter und legte sie auf den Boden.
»Würdest du mir bitte verraten, was hier eigentlich vorgeht, Steve?«, fragte ich ruhig. »Wieso du ausgerechnet in dieser Gasse aufgetaucht bist, und weshalb du diese Dinger bei dir trägst?«
»Später, wenn wir deine Wunden versorgt haben. Und wenn …«, er zog ein Handy heraus und warf es mir zu, »… du telefoniert hast.«
»Wen soll ich denn anrufen?«, fragte ich misstrauisch.

»Hakenmann ist dir vom Haus deiner Freundin aus gefolgt. Dieser Dunkelhäutigen.«

Das Blut wich aus meinem Gesicht. »Er weiß, wo Debbie wohnt?«, keuchte ich.

»Wenn sie so heißt, ja. Ich glaube zwar nicht, dass er ihr was tut, aber wenn du ganz sichergehen willst, würde ich dir raten, sie anzurufen und zu bitten …«

Bevor er den Satz beendet hatte, drückte ich schon hektisch auf die Zifferntasten. Debbies Telefon läutete viermal. Fünfmal. Sechsmal. Siebenmal. Ich wollte schon losstürzen, um sie zu retten, und vergaß dabei völlig mein lädiertes Bein, als sie endlich abhob. »Hallo?«

»Ich bin's.«

»Darren? Was …«

»Debbie! Hast du Vertrauen zu mir?«

Sie schwieg verdutzt. »Willst du mich veralbern?«

»Hast du Vertrauen zu mir?«, wiederholte ich mit Nachdruck.

»Natürlich.« Sie spürte, dass es mir Ernst war.

»Dann verlass sofort die Wohnung. Pack eine Tasche mit dem Nötigsten und hau ab. Such dir für das Wochenende ein Hotel. Und bleib dort.«

»Darren, was ist los? Hast du den Ver…«

»Möchtest du sterben?«, unterbrach ich sie.

Stille. Dann sagte sie ruhig: »Nein.«

»Dann beeil dich.« Ich drückte auf die Trenntaste und hoffte inständig, dass Debbie meine Warnung

beherzigen würde. »Weiß der Vampyr, wo *ich* wohne?«, fragte ich und dachte an Harkat.
»Vermutlich nicht«, erwiderte Steve. »Sonst hätte er dich dort überfallen. Soweit ich es mitbekommen habe, bist du ihm zufällig über den Weg gelaufen. Er hat gerade eine Gruppe Leute beobachtet und sich sein nächstes Opfer ausgewählt, als er dich erspäht und deine Verfolgung aufgenommen hat. Er ist dir zum Haus deiner Freundin nachgeschlichen, hat dort gewartet, hat sich wieder an deine Fersen geheftet und ...«
Den Rest der Geschichte kannte ich.
Steve nahm einen Erste-Hilfe-Kasten von einem Bord hinter dem Sofa. Ich musste mich vorbeugen, und er untersuchte meinen Hinterkopf. »Blutet es?«, erkundigte ich mich.
»Ja, aber die Wunde ist nicht tief. Muss nicht genäht werden. Ich reinige und verbinde sie.« Anschließend inspizierte er mein Bein. Dort hatte ich eine klaffende Wunde und meine zerfetzte Hose war blutdurchtränkt. Steve schnitt den Stoff mit einer scharfen Schere auf, bis die Wunde freilag, dann reinigte er sie mit einem Stück Mullbinde. Anschließend überlegte er kurz, stand auf und kam mit einer Rolle medizinischem Faden und einer Nadel zurück. »Beiß die Zähne zusammen«, sagte er knapp.
»Ich bin schon öfter zusammengeflickt worden«, gab ich zurück, und Steve machte sich ans Werk. Er leistete saubere Arbeit. Wenn die Wunde verheilt

war, würde nur eine kleine Narbe zurückbleiben.
»Du machst das nicht zum ersten Mal«, bemerkte ich, als er das Verbandszeug wegpackte.
»Ich habe einige Erste-Hilfe-Kurse besucht. Dachte, es könnte mal nützlich werden. Aber ich wäre nie draufgekommen, dass du einmal mein erster Patient sein würdest.« Er fragte mich, ob ich etwas trinken wolle.
»Bloß einen Schluck Wasser.«
Er zog eine Flasche Mineralwasser aus einer Plastiktüte neben der Spüle und goss zwei Gläser ein. »Ist leider nicht kalt. Ohne Strom funktioniert der Kühlschrank nicht.«
»Macht nichts.« Ich trank einen großen Schluck. Dann deutete ich mit dem Kinn auf den Ausguss. »Ist das Wasser auch abgestellt?«
»Nein, aber ich würde es an deiner Stelle lieber nicht trinken. Zum Waschen geht es, aber ein Schluck, und du kommst drei Tage nicht vom Klo runter.«
Wir grinsten einander über unsere Gläser hinweg an.
»Also«, sagte ich, »was hast du die letzten fünfzehn Jahre so getrieben?«
»Du zuerst.«
»Nö. Du bist der Gastgeber. Du musst anfangen.«
»Sollen wir eine Münze werfen?«, schlug Steve vor.
»Okay.«
Er holte eine Münze aus der Hosentasche und ließ mich wählen. »Kopf.«

Steve warf das Geldstück in die Luft und fing es zwischen beiden Händen auf. Er zog die obere Hand weg und verzog das Gesicht. »Pech, wie immer.« Dann begann er zu erzählen. Es war eine lange Geschichte, und als sie sich ihrem Ende zuneigte, war die Wasserflasche leer und die zweite Kerze heruntergebrannt.

Steve hatte Mr. Crepsley und mich lange gehasst. Er war bis spät in die Nacht wach geblieben, hatte Zukunftspläne geschmiedet und sich den Tag ausgemalt, an dem er uns aufspüren und jedem von uns einen spitzen Pfahl ins Herz rammen würde. »Ich war rasend vor Wut«, brummte er. »Ich konnte an nichts anderes mehr denken. Im Werkunterricht habe ich Pfähle geschnitzt. In Geschichte habe ich die ganze Weltkarte auswendig gelernt, damit ich euch überallhin folgen konnte.«
Steve hatte alles Wissenswerte über Vampire in Erfahrung gebracht. Schon zu meiner Zeit hatte er eine große Sammlung Gruselromane und Horror-Comics besessen, aber innerhalb eines Jahres hatte er sie verdoppelt, ja verdreifacht. Er hatte sich darüber informiert, welches Klima unsereins bevorzugte, wo wir uns am liebsten niederließen, welches die besten Methoden waren, uns zu töten. »Ich habe übers Internet Gleichgesinnte kennen gelernt«, erklärte er. »Du ahnst nicht, wie viele Vampirjäger es gibt. Wir haben Informationen, Geschichten, Meinungen

ausgetauscht. Die meisten waren Spinner, aber ein paar wussten, wovon sie sprachen.«

Mit sechzehn hatte Steve die Schule und sein Zuhause verlassen und war in die Welt hinausgezogen. Um seinen Lebensunterhalt zu bestreiten, hatte er eine Reihe Aushilfsjobs in Hotels, Restaurants oder Fabriken angenommen. Ab und zu hatte er auch gestohlen oder war in leer stehende Häuser eingebrochen, um dort eine Weile zu wohnen. Es war eine schwere, einsame Zeit gewesen. Er war vor kaum etwas zurückgeschreckt, hatte wenig Freunde und kaum andere Interessen gehabt außer dem brennenden Wunsch, Vampirjäger zu werden.

»Meine erste Überlegung war, mich zum Schein mit ihnen anzufreunden«, erläuterte er. »Also habe ich mich auf die Suche nach Vampiren gemacht und so getan, als wollte ich selber einer werden. Das meiste, was ich aus Büchern oder dem Internet erfahren hatte, war Quatsch. Ich bin irgendwann zu der Überzeugung gekommen, die beste Methode, meine Feinde zu vernichten, war die, sie besser kennen zu lernen.«

Als er endlich ein paar Vampire aufgestöbert und ihr Vertrauen gewonnen hatte, merkte er natürlich, dass wir keine Monster waren. Er stellte fest, dass wir das Leben achteten, dass wir die Menschen nicht töteten, an denen wir uns labten, und dass wir eine durchaus ehrbare Sippe waren. »Mein Selbstbild hat sich total verändert«, seufzte er, und sein Gesicht sah im Kerzenschein düster und traurig aus. »Mir wurde klar, dass in Wahrheit *ich* das Monster war, wie Kapitän Ahab in *Moby Dick*, der Jagd auf Mörderwale macht, die in Wirklichkeit friedliche Tiere sind!«

Nach und nach hatte sich sein Hass gelegt. Er verübelte es mir zwar immer noch, dass ich mit Mr. Crepsley fortgegangen war, erkannte jedoch, dass ich es nicht aus purer Bosheit getan hatte. Wenn er nun zurückblickte, sah er, dass ich mein Zuhause und meine Familie aufgegeben hatte, um ihm das Leben zu retten, und nicht, um ihm eins auszuwischen.

Da hatte er seine besessene Suche eingestellt. Er hatte nicht mehr nach uns gefahndet, alle Rachegedanken aufgegeben und sich stattdessen damit beschäftigt, was er mit seinem restlichen Leben anfangen wollte. »Ich hätte zurückgehen können«, sagte er. »Meine Mutter lebt noch. Ich hätte wieder zu ihr ziehen, die Schule beenden, mir eine richtige Arbeit suchen und ein ganz gewöhnliches Leben führen können. Aber wer sich einmal der Nacht in die Arme geworfen hat, den lässt sie nicht wieder los. Ich wusste inzwischen über Vampire Bescheid – aber auch über *Vampyre*.«

Die Vampyre gingen Steve nicht aus dem Kopf. Er fand es ungeheuerlich, dass Geschöpfe wie sie existierten, ungehindert umherstreiften und nach Lust und Laune Menschen abschlachteten. Es machte ihn wütend. Er wollte ihrem mörderischen Treiben ein Ende setzen. »Aber ich konnte ja nicht einfach zur Polizei gehen«, sagte er bedauernd. »Um zu beweisen, dass es Vampyre gibt, hätte ich einen lebendig fangen müssen, und du weißt bestimmt genauso gut wie ich, dass das praktisch unmöglich ist. Selbst wenn sie mir geglaubt hätten, was hätten sie tun sollen? Vampyre tauchen auf, töten und ziehen weiter. Bis die Polizisten begriffen hätten, in welcher Gefahr wir schwebten, hätten sich die Vampyre längst in Luft aufgelöst, und damit auch die Gefahr. Mir blieb nichts anderes übrig ... Ich musste die Sache selbst in die Hand nehmen!«

Indem er sich die Kenntnisse zu Nutze machte, die er bei seinem Studium der Vampirjagd erworben hatte, setzte Steve sich zum Ziel, so viele Vampyre aufzuspüren und zu töten, wie er konnte. Das war nicht einfach, denn Vampyre verwischen ihre Spuren (und verstecken ihre Opfer) äußerst geschickt und hinterlassen kaum Beweise für ihre Existenz. Doch im Lauf der Zeit traf Steve ein paar Leute, die sich mit Vampyren auskannten, sodass er sich ein Bild von den Gewohnheiten, Eigenschaften und bevorzugten Routen machen konnte. Schließlich war er per Zufall auf einen Vampyr gestoßen.

»Mir ist noch nie etwas so schwer gefallen, wie diesen Kerl zu töten«, sagte Steve bitter. »Ich wusste, dass er ein Mörder war und dass er weitermorden würde, wenn ich ihn laufen ließ, aber als ich ihn so

ahnungslos schlafend vor mir liegen sah …« Er schüttelte sich.
»Wie hast du ihn erledigt?«, fragte ich ruhig. »Mit einem Pfahl?«
Steve nickte. »Dumm, wie ich war.«
Ich runzelte die Stirn. »Kapier ich nicht. Ist denn ein Pfahl nicht die beste Methode, Vampyre zu töten, so wie bei Vampiren?«
Steve bedachte mich mit einem eisigen Blick. »Schon mal jemanden gepfählt?«
»Nein.«
»Dann lass es!«, schnaubte er. »Den Pfahl reinzurammen, ist kein Kunststück, aber dann spritzt dir das Blut ins Gesicht und läuft dir über Brust und Arme. Außerdem stirbt so ein Vampyr nicht auf der Stelle, wie im Film. Mein Erster hat noch fast eine Minute lang gelebt, gezappelt und geschrien. Er ist sogar aus seinem Sarg und hinter mir hergekrochen. Er ist zwar nur langsam vorangekommen, aber ich bin in seinem Blut ausgerutscht, und ehe ich mich versah, war er über mir.«
»Was hast du gemacht?«, fragte ich atemlos.
»Geboxt und getreten und versucht, ihn abzuschütteln. Zum Glück hatte er schon viel Blut verloren und nicht mehr genug Kraft, mich zu töten. Aber er ist auf mir drauf gestorben, sein Blut ist an mir heruntergelaufen, und sein Gesicht war ganz nah an meinem, als er zitterte, wimmerte und …«
Steve wandte den Blick ab.

Ich fragte nicht nach weiteren Einzelheiten.
»Danach habe ich gelernt, mit denen hier umzugehen.« Er wies auf die Pfeilgewehre. »Damit klappt es am besten. Eine Axt ist auch nicht schlecht. Jedenfalls wenn du gut zielen kannst und genug Kraft hast, um einen Kopf beim ersten Hieb abzuschlagen. Von normalen Gewehren lass lieber die Finger, die sind nicht zuverlässig. Vampyre haben zu kräftige Knochen und Muskeln.«
»Werd's mir merken«, sagte ich mit mattem Grinsen. Dann erkundigte ich mich, wie viele Vampyre Steve inzwischen getötet hatte.
»Sechs. Allerdings waren zwei von ihnen geisteskrank und wären über kurz oder lang sowieso gestorben.«
Ich war beeindruckt. »So viel schaffen die meisten Vampire nicht.«
»Menschen sind gegenüber Vampiren im Vorteil. Wir können uns bei Tag bewegen und zuschlagen. In einem fairen Kampf würde jeder Vampyr kurzen Prozess mit mir machen. Aber wenn man sie tagsüber im Schlaf überrascht …
Allerdings ist das mittlerweile keine Garantie mehr«, setzte er hinzu. »Die letzten Vampyre, hinter denen ich her war, sind in Begleitung von Menschen gereist, und ich bin nicht nah genug an sie herangekommen, um sie zu töten. Ich habe noch nie gehört, dass Vampyre sich Menschen als Gehilfen nehmen.«

»Man nennt diese Menschen ›Vampets‹«, warf ich ein.
Steve sah mich überrascht an. »Woher weißt du das? Ich dachte immer, die Sippen der Nacht halten sich voneinander fern.«
»Das stimmt auch. Bis vor kurzem«, knurrte ich. Dann blickte ich auf die Uhr. Steves Bericht war noch nicht zu Ende – er hatte immer noch nicht erklärt, wie er ausgerechnet in dieser Stadt gelandet war –, aber ich musste aufbrechen. Es war schon spät, und ich wollte nicht, dass Harkat sich Sorgen machte. »Hast du nicht Lust, mich in mein Hotel zu begleiten? Dort könntest du mir den Rest deiner Geschichte erzählen. Außerdem wartet dort jemand, der sich bestimmt auch dafür interessiert.«
»Mr. Crepsley?«, tippte Steve.
»Nein. Der ist unterwegs … geschäftlich. Jemand anders.«
»Wer denn?«
»Das zu erklären, dauert jetzt zu lange. Kommst du nun mit?«
Nach kurzem Zögern willigte Steve ein. Aber bevor wir die Wohnung verließen, schnappte er sich seine Pfeilgewehre – ohne die Dinger ging er wahrscheinlich nicht mal aufs Klo!

KAPITEL 12

Auf dem Weg zum Hotel informierte ich Steve darüber, wie es mir in der Zwischenzeit ergangen war. Es war eine stark gekürzte Fassung, ich erwähnte jedoch die wichtigsten Punkte, erzählte ihm vom Krieg der Narben und wie er angefangen hatte.

»Der Lord der Vampyre«, murmelte er. »Ich habe mich schon gewundert, warum sie sich auf einmal so massiv organisieren.«

Ich erkundigte mich bei Steve nach meiner Familie und meinen Freunden, doch er war seit seinem sechzehnten Lebensjahr nicht mehr zu Hause gewesen und konnte mir nichts über sie erzählen.

Vor dem Hotel stieg er auf meinen Rücken, und ich kletterte an der Fassade hoch. Bei dieser Belastung schmerzte die Naht an meinem Bein, aber sie hielt. Ich klopfte ans Fenster, und kurz darauf erschien Harkat und ließ uns herein. Er blickte Steve misstrauisch an, sagte allerdings nichts, bevor ich ihn vorgestellt hatte.

»Steve Leopard«, überlegte er. »Ich habe schon viel … von dir gehört.«

»Wahrscheinlich nichts Gutes«, lachte Steve und

rieb sich die Hände. Er hatte die Handschuhe nicht ausgezogen, aber immerhin den Schal ein wenig gelockert. Ein strenger, medizinischer Geruch ging von ihm aus, der mir erst jetzt, in dem geheizten Zimmer auffiel.
»Was hat er hier zu suchen?«, fragte mich Harkat, die grünen Augen auf Steve geheftet. Ich lieferte ihm eine kurze Zusammenfassung der Ereignisse. Als er hörte, dass Steve mir das Leben gerettet hatte, ließ seine Anspannung ein wenig nach, dennoch blieb er wachsam. »Hältst du es für klug, ihn hierher ... zu bringen?«
»Er ist mein Freund«, sagte ich knapp. »Er hat mir das Leben gerettet.«
»Aber jetzt weiß er, wo wir uns aufhalten.«
»Na und?«, blaffte ich.
»Harkat hat Recht«, sagte Steve. »Ich bin ein Mensch. Wenn ich den Vampyren in die Hände falle, könnten sie eure Adresse aus mir herausquetschen. Ihr solltet morgen früh umziehen und mir nichts davon sagen.«
»Ich halte das nicht für notwendig«, erwiderte ich bockig. Ich war wütend auf Harkat, weil er Steve nicht vertraute.
Eine unangenehme Pause entstand. »Also!«, beendete Steve sie mit einem Lachen. »Es ist zwar unhöflich, aber ich muss einfach fragen: Was um alles in der Welt *bist* du, Harkat Mulds?«
Der Kleine Kerl grinste über die Unverblümtheit

der Frage und erwärmte sich ein bisschen für Steve. Er bat ihn, sich zu setzen und erzählte ihm von sich, dass er ein Geist sei, der von Meister Schick wieder zum Leben erweckt worden war. Steve war baff. »So was hab ich ja noch nie gehört!«, rief er. »Die kleinen Kerle in den blauen Gewändern damals im Cirque du Freak haben mich zwar neugierig gemacht, denn ich habe gespürt, dass sie irgendwie unheimlich waren, doch nach allem, was seither passiert ist, hatte ich sie total vergessen.«

Harkats Enthüllung, dass er ein Geist gewesen war, machte Steve ganz nervös. »Hast du was?«, fragte ich.

»Sozusagen«, murmelte er. »Ich habe nie an ein Leben nach dem Tod geglaubt. Wenn ich jemanden getötet habe, dachte ich immer, das war's dann. Zu wissen, dass die Leute Seelen haben, dass sie nach dem Tod weiterleben und sogar zurückkommen können ... Keine besonders erfreulichen Nachrichten.«

»Hast du Angst, die Vampyre, die du umgebracht hast, könnten eines Tages hinter dir her sein?«, fragte ich grinsend.

»So was in der Richtung.« Steve schüttelte den Kopf, beruhigte sich wieder und erzählte die Geschichte zu Ende, mit der er in seiner Wohnung angefangen hatte. »Ich bin vor zwei Monaten hierher gekommen, nachdem ich Berichte gehört hatte, die auf die Anwesenheit von Vampyren hindeuteten. Ich dachte, bei diesem Mörder müsste es sich um einen verrückten Vampyr handeln, denn normalerweise lassen nur die Übergeschnappten ihre Opfer so liegen, dass sie entdeckt werden. Doch was ich hier herausfand, war weitaus beunruhigender.«

Steve war ein höchst einfallsreicher Detektiv. Es war ihm gelungen, drei der Opfer zu untersuchen, und dabei hatte er herausgefunden, dass es bei der Methode, wie sie getötet worden waren, geringfügige Unterschiede gab. »Vampyre, sogar die Verrückten unter ihnen, haben ausgeprägte Trinkgewohnheiten. Jeder tötet ein wenig anders, jeder saugt seine Opfer auf andere Weise aus, und kein Vampyr weicht jemals von seiner ureigenen Methode ab. Also musste mehr als einer am Werk sein.«

Da wahnsinnige Vampyre von Natur aus Einzelgänger waren, schloss Steve daraus, dass die Mörder im Besitz ihrer geistigen Kräfte sein mussten.

»Das Ganze ergibt trotzdem keinen Sinn«, seufzte er. »Gesunde Vampyre lassen ihre Opfer nicht einfach so herumliegen. Soweit ich es beurteilen kann, wollen sie jemandem damit eine Falle stellen. Ich weiß nur nicht, wem.«

Ich blickte Harkat fragend an. Er zögerte und nickte dann. »Sag's ihm«, brummte er, und ich erzählte Steve von den gefälschten Unterlagen, die ans Mahler geschickt worden waren.

»Sind sie hinter *dir* her?«, fragte Steve ungläubig.

»Gut möglich«, antwortete ich. »Oder hinter Mr.

Crepsley. Wir wissen es nicht genau. Vielleicht steckt jemand anderes dahinter, jemand, der uns gegen die Vampyre ausspielen will.«

Steve dachte eine Weile darüber nach.

»Du hast uns immer noch nicht erzählt, wieso du ... heute Abend dort warst, um Darren zu retten«, unterbrach Harkat Steves Überlegungen.

Mein Freund zuckte die Achseln. »Purer Zufall. Auf der Suche nach den Vampyren habe ich die ganze Stadt auf den Kopf gestellt, aber die Mörder benutzen keine ihrer üblichen Verstecke wie stillgelegte Fabriken oder andere verlassene Gebäude, Grüfte oder alte Theater. Vor acht Nächten habe ich gesehen, wie ein großer Mann mit Haken anstelle von Händen aus einem Kanalschacht gestiegen ist.«

»Das ist der Kerl, der mich überfallen hat«, erläuterte ich Harkat. »Er hat drei Haken an jedem Arm. Eine Hand ist aus Gold, die andere aus Silber.«

»Seither verfolge ich ihn jede Nacht«, fuhr Steve fort. »Für einen Menschen ist es nicht gerade einfach, einem Vampyr nachzuschleichen, denn ihre Sinne sind viel besser entwickelt als meine. Doch ich habe inzwischen viel Übung. Manchmal verliere ich ihn aus den Augen, dann hefte ich mich wieder an seine Fersen, wenn er bei Einbruch der Nacht den Schacht verlässt.«

»Kommt er denn jeden Abend an der gleichen Stelle heraus?«, fragte ich.

»Natürlich nicht«, schnaubte Steve. »Nicht einmal ein wahnsinniger Vampyr würde so etwas machen.«
»Wie findest du ihn dann?«
»Ich habe die Kanaldeckel verdrahtet.« Steve strahlte vor Stolz. »Vampyre benutzen zwar niemals jede Nacht den gleichen Ausgang, aber wenn sie erst einmal irgendwo ihr Lager aufgeschlagen haben, halten sie sich in einem ziemlich begrenzten Terrain auf. Erst habe ich jeden Kanaldeckel im Umkreis von zweihundert Metern überwacht, habe den Radius mittlerweile jedoch auf einen halben Kilometer ausgedehnt. Sobald einer davon angehoben wird, blinkt auf meiner Anzeige ein Lämpchen auf, und dann ist es ein Kinderspiel, den Vampyr ausfindig zu machen.
Zumindest *war* es das.« Er machte eine betrübte Pause. »Nach dem Vorfall heute Abend zieht er wahrscheinlich um. Er weiß zwar nicht, was ich alles über ihn herausgefunden habe, aber er dürfte vom Schlimmsten ausgehen. Ich glaube nicht, dass er diese Schächte noch weiter benutzt.«
»Hast du sofort gewusst, dass du … da gerade Darren rettest?«, wollte Harkat wissen.
Steve nickte ernst. »Sonst wäre ich ihm nicht zu Hilfe gekommen.«
»Was soll das heißen?« Ich blickte ihn finster an.
»Ich hätte mir Hakenmann schon längst schnappen können, doch ich wusste, dass er nicht allein arbeitet. Ich wollte über ihn an seine Kumpane heran-

kommen. In der Hoffnung, sein Lager ausfindig zu machen, habe ich tagsüber die Tunnel der Kanalisation abgesucht. Dadurch, dass ich heute Abend eingegriffen habe, habe ich mir diese Möglichkeit verbaut. Das hätte ich für niemand anderen getan.«

»Wenn er einen ganz gewöhnlichen Menschen angefallen hätte ... dann hättest du zugeschaut, wie er ihn tötet?«, keuchte ich.

»Genau.« Steves Blick war eiskalt. »Wenn die Opferung eines Menschen bedeutet, dass dadurch viele andere gerettet werden können, bin ich dazu bereit. Hätte ich nicht kurz dein Gesicht gesehen, als du von deiner Freundin weggegangen bist, hätte ich zugelassen, dass Hakenmann dich umbringt.«

Eine ziemlich herbe Weltsicht, aber ich konnte sie nachvollziehen. Für Vampire steht das Wohl der Gruppe immer über dem des Einzelnen. Es erstaunte mich, dass Steve genauso dachte. Die meisten Menschen sind dazu nicht in der Lage. Wenn man sich allerdings erst einmal dazu entschlossen hat, skrupellose Geschöpfe zu jagen und zu töten, muss man vermutlich lernen, ebenso skrupellos vorzugehen.

»Das wär's im Großen und Ganzen«, schloss Steve, zog seinen dunklen Umhang ein bisschen enger um die Schultern und unterdrückte ein Zittern. »Vieles habe ich ausgelassen, aber das Wichtigste habe ich erwähnt.«

»Ist dir kalt?«, fragte Harkat, dem Steves Bibbern

nicht entgangen war. »Ich kann die Heizung weiter aufdrehen.«

»Das hilft nichts«, erwiderte Steve. »Ich habe mir damals, als mich Mr. Crepsley ›getestet‹ hat, irgendwas eingefangen. Ich brauche nur jemanden zu sehen, dem die Nase läuft, schon habe ich selbst eine Erkältung.« Er zupfte an seinem Schal und wackelte dann mit den Fingern in den dicken Handschuhen. »Deshalb bin ich ja auch so gut eingepackt. Wenn ich nicht aufpasse, liege ich tagelang niesend und hustend im Bett.«

»Riechst du deshalb so komisch?«, fragte ich.

Steve lachte. »Genau. Das ist eine besondere Kräutertinktur. Jeden Morgen vor dem Anziehen reibe ich mich damit von oben bis unten ein. Wirkt wahre Wunder. Der einzige Nachteil ist der Gestank. Ich muss aufpassen, dass ich bei der Verfolgung der Vampyre immer gegen den Wind stehe. Ein Hauch von diesem Duft und ich bin geliefert.«

Wir unterhielten uns noch eine Weile über früher. Steve wollte wissen, wie es war, mit dem Cirque du Freak umherzuziehen, und ich wollte wissen, wo er überall gewesen war und was er so trieb, wenn er nicht gerade Vampyre jagte. Dann wandte sich das Gespräch wieder der Gegenwart und unserem weiteren Vorgehen hinsichtlich der Vampyre zu.

»Wenn Hakenmann allein unterwegs war, dürfte ihn meine Attacke vertrieben haben. Einzelne Vampyre gehen kein Risiko ein. Wenn sie glauben, man hat sie entdeckt, fliehen sie. Da er aber zu einer ganzen Bande gehört, bezweifle ich, dass er sich aus dem Staub macht.«

»Ich auch«, sagte ich. »Sie haben sich zu viel Mühe mit dieser Falle gegeben, als dass sie gleich abhauen würden, sobald etwas schief geht.«

»Glaubst du, die Vampyre wissen, dass ... *du* Darren gerettet hat?«, fragte Harkat.

»Ich wüsste nicht, woher«, antwortete Steve. »Sie ahnen nichts von meiner Existenz. Wahrscheinlich denken sie, du warst es, oder Mr. Crepsley. Ich habe darauf geachtet, dass Hakenmann mich nicht sieht.«

»Dann können wir sie immer noch schnappen«, meinte Harkat. »Seit Mr. Crepsley weg ist, haben wir nicht mehr ... nach ihnen gesucht. Es war zu gefährlich ... nur zu zweit.«

»Aber wenn *ich* mich euch anschließe«, sagte Steve, der Harkats Gedanken las, »sieht die Sache schon ganz anders aus. Ich kenne mich aus mit der Vampyrjagd. Ich weiß, wie man sie aufstöbert und zur Strecke bringt.«

»Und wenn wir dir den Rücken freihalten«, fügte ich hinzu, »könntest du schneller als sonst arbeiten und ein größeres Gebiet abdecken.«

Wir blickten einander nachdenklich an.

»Wenn du dich mit uns einlässt, gehst du ein ... großes Risiko ein«, warnte ihn Harkat. »Wer uns diese Falle gestellt hat, weiß ... alles über uns. Kann gut sein, dass sie erst richtig auf dich aufmerksam werden, wenn du ... bei uns mitmachst.«

»Auch für euch ist es riskant«, konterte Steve. »Hier oben seid ihr in Sicherheit. Die Kanalisation ist ihr Gebiet, und wenn wir hinuntersteigen, fordern wir einen Angriff geradezu heraus. Ihr dürft nicht vergessen, dass Vampyre zwar normalerweise tagsüber schlafen, doch das müssen sie nicht, solange sie nicht der Sonne ausgesetzt sind. Es ist gut möglich, dass sie wach sind und auf uns warten.«

Wir dachten noch eine Weile darüber nach. Dann streckte ich den rechten Arm aus, drehte die Handfläche nach unten und sagte: »Ich bin dabei, wenn ihr dabei seid.«

Steve legte sofort seine Linke – die mit der kreuzförmigen Narbe – auf meine und sagte: »Ich habe nichts zu verlieren. Ich bin dabei.«

Harkat reagierte langsamer. »Mir wäre es lieber, Mr. Crepsley wäre hier«, murmelte er.

»Mir auch«, sagte ich. »Aber er ist nicht hier. Und je länger wir auf ihn warten, desto mehr Zeit bleibt den Vampyren, einen Angriffsplan zu schmieden. Wenn Steve Recht behält und sie es mit der Angst zu tun kriegen und sich einen neuen Stützpunkt suchen, brauchen sie eine Weile, bis sie sich dort eingerichtet haben. In dieser Zeit sind sie verwundbar. Vielleicht ist das die beste Gelegenheit für uns zum Zuschlagen.«

Harkat seufzte unglücklich. »Es könnte auch die

beste Gelegenheit sein, direkt ... in eine Falle zu laufen. Trotzdem«, fügte er hinzu und legte eine große graue Hand auf unsere Hände, »der Lohn rechtfertigt das Risiko. Wenn wir sie ausfindig und unschädlich machen können, retten wir damit ... viele Menschenleben. Ich bin dabei.«

Ich grinste Harkat an und schlug einen Schwur vor: »Bis in den Tod?«

»Bis in den Tod«, pflichtete mir Steve bei.

»Bis in den Tod«, nickte Harkat und setzte spitzfindig hinzu: »Hoffentlich nicht bis in *unseren!*«

KAPITEL 13

Den Samstag und Sonntag verbrachten wir mit der Erkundung der Kanalisation. Harkat und Steve trugen Pfeilgewehre. Sie waren einfach zu bedienen: Pfeil einlegen, zielen und abdrücken – bis auf zwanzig Meter absolut tödlich. Als Vampir hatte ich gelobt, solche Waffen nicht zu benutzen, deshalb musste ich mich wie bisher mit meinem Kurzschwert und meinen Messern begnügen.

In der Hoffnung, eine Spur von Hakenmann oder seinen Kumpanen zu entdecken, fingen wir mit dem Gebiet an, in dem Steve ihn zum ersten Mal aufgespürt hatte. Wir nahmen uns einen Tunnel nach dem anderen vor, suchten die Wände nach Spuren von Vampyrfingernägeln oder Haken ab, lauschten angestrengt nach Lebenszeichen und blieben stets in Sichtkontakt miteinander. Zuerst kamen wir rasch voran, denn Steve kannte sich in diesen Gängen aus, doch sobald sich unsere Suche auf neue, unbekannte Abschnitte ausdehnte, gingen wir bedächtiger vor.

Wir fanden nichts.

Am zweiten Abend, nachdem wir uns ausgiebig gewaschen und ein einfaches Mahl zu uns genommen hatten, setzten wir unsere Unterhaltung fort. Steve hatte sich kaum verändert. Er war so lebhaft und lustig wie früher, obwohl er manchmal einen entrückten Blick bekam und verstummte, vielleicht weil er an die Vampyre dachte, die er getötet, oder an den Lebensweg, den er gewählt hatte. Immer wenn das Gespräch auf Mr. Crepsley kam, wurde er unruhig. Steve hatte nie vergessen, aus welchem Grund ihn der Vampir zurückgewiesen hatte. Mr. Crepsley hatte damals behauptet, mein Freund hätte schlechtes Blut und sei böse. Deshalb konnte sich Steve nicht vorstellen, dass der Vampir über sein Auftauchen erfreut sein würde.

»Ich weiß nicht, wie er darauf kam, dass ich böse bin«, brummte er. »Klar, ich war ein ziemlich wildes Kind, aber ich war nie wirklich böse. Stimmt doch, Darren, oder?«

»Natürlich nicht«, sagte ich.

»Vielleicht hat er meine Entschlossenheit mit Boshaftigkeit verwechselt«, überlegte Steve. »Wenn ich an eine Sache glaube, bin ich mit ganzem Herzen dabei. Wie bei meiner Aufgabe, Vampyre zu töten. Die meisten Menschen können keine anderen Lebewesen töten, nicht mal einen Mörder. Sie übergeben ihn lieber dem Gesetz. Aber ich werde bis zu meinem Tod Vampyre zur Strecke bringen. Vielleicht hat Mr. Crepsley meine Fähigkeit zum Töten erkannt und sie mit dem Wunsch zu töten verwechselt.«

Wir führten viele solcher düsteren Gespräche, unterhielten uns über die menschliche Seele und den Unterschied zwischen Gut und Böse. Steve hatte sich lange mit Mr. Crepsleys grausamem Urteil beschäftigt. Er war geradezu besessen davon. »Ich kann es kaum erwarten, ihm zu beweisen, dass er sich getäuscht hat«, sagte er lächelnd. »Wenn er erfährt, dass ich auf seiner Seite bin und den Vampiren helfe, obwohl er mich abgewiesen hat ... Darauf freue ich mich unheimlich.«

Als der Montag näher rückte, musste ich hinsichtlich der Schule eine Entscheidung treffen. Ich wollte mich nicht auch noch um das Mahler kümmern müssen. Es kam mir wie reine Zeitverschwendung vor. Andererseits musste ich an Debbie und Mr. Blaws denken. Wenn ich so plötzlich und ohne eine Erklärung wegblieb, stellte das Schulamt bestimmt Nachforschungen an. Steve meinte, das sei kein Problem, wir könnten ja in ein anderes Hotel überwechseln, doch damit wollte ich warten, bis Mr. Crepsley zurück war. Die Sache mit Debbie war sogar noch komplizierter. Die Vampyre wussten jetzt, dass sie mit mir in Verbindung stand. Und sie wussten, wo meine Freundin wohnte. Ich musste sie dazu überreden, sich eine neue Wohnung zu suchen. Aber wie? Was konnte ich mir ausdenken, damit sie ihre Wohnung verließ?

Ich beschloss, an diesem Montagmorgen zur Schule zu gehen, hauptsächlich um mich mit Debbie auszusprechen. Den anderen Lehrern wollte ich vorschwindeln, ein Virus habe mich erwischt, damit sie nicht misstrauisch wurden, wenn ich am folgenden Tag nicht zum Unterricht erschien. Vor dem Wochenende stellte Mr. Blaws bestimmt keine Nachforschungen an, und bis dahin war hoffentlich Mr. Crepsley zurück. Sobald er wieder da war, konnten wir uns zusammensetzen und einen endgültigen Plan entwerfen.

Während ich in der Schule war, würden Steve und Harkat die Jagd nach den Vampyren fortsetzen. Sie versprachen, vorsichtig zu sein und sich nicht in einen Kampf verwickeln zu lassen, falls sie welche aufspürten.

Im Mahler hielt ich vor Unterrichtsbeginn nach Debbie Ausschau. Ich wollte ihr erzählen, ein ehemaliger Feind habe herausgefunden, dass ich mich mit ihr traf, und ich befürchtete, er werde ihr etwas antun, um auf diese Weise an mich heranzukommen. Ich wollte ihr sagen, er wisse nicht, wo sie arbeite, sondern nur, wo sie wohnte, und dass alles gut ausgehen werde, wenn sie sich für ein paar Wochen eine neue Bleibe suchte.

Keine besonders überzeugende Geschichte, aber mir fiel nichts Besseres ein. Wenn nötig, würde ich sie auf den Knien anflehen, meine Warnungen zu beherzigen. Falls ich damit keinen Erfolg hatte, musste ich sie eben entführen und zu ihrem eigenen Schutz irgendwo einsperren.

Doch ich konnte Debbie in der Schule nirgends fin-

den. In der Pause ging ich ins Lehrerzimmer, wo man mir lediglich sagen konnte, dass sie nicht zur Arbeit erschienen sei und dass niemand wisse, wo sie war. Mr. Chivers war ebenfalls im Lehrerzimmer und schäumte vor Wut. Er konnte es nicht ausstehen, wenn sich jemand, egal ob Schüler oder Lehrer, nicht wenigstens telefonisch entschuldigte.
Mit bösen Vorahnungen kehrte ich in den Klassenraum zurück. Ich wünschte, ich hätte Debbie gebeten, mir ihre neue Adresse mitzuteilen, als ich sie von Steves Wohnung aus aufgefordert hatte, sofort das Haus zu verlassen. Jetzt konnte ich nicht einmal nachsehen, ob mit ihr alles in Ordnung war.
Selten habe ich mich so elend gefühlt, wie in diesen ersten beiden Schulstunden und den ersten vierzig Minuten der Mittagspause. Am liebsten wäre ich aus der Schule geflohen und zu Debbies alter Wohnung gerannt, um dort nach einem Hinweis zu suchen. Doch ich erkannte, dass es besser war abzuwarten, als überstürzt zu handeln. Es zerriss mich fast, aber es war wohl das Beste, wenn ich erst einen klaren Kopf bekam, bevor ich mich auf die Suche machte.
Dann, um zehn vor zwei, geschah ein Wunder: Debbie erschien! Ich saß gerade Trübsal blasend im Computerraum – Richard hatte meine miese Laune gespürt und mich allein gelassen –, als ich plötzlich sah, wie sie an der Rückseite des Schulgebäudes in einem Wagen und in Begleitung zweier Männer und einer Frau ankam, die alle drei Polizeiuniformen

trugen! Debbie stieg aus und betrat mit der Frau und einem der Männer das Schulgebäude.
Ich flitzte sofort los und holte sie auf dem Weg zu Mr. Chivers Büro ein. »Miss Schierling!«, rief ich von weitem. Das wiederum alarmierte den Polizisten, der sich rasch umdrehte und die Hand auf die Waffe an seinem Gürtel legte. Als er meine Schuluniform sah, hielt er inne. Ich hob zitternd die Hand. »Kann ich Sie kurz sprechen, Miss?«
Debbie fragte die Beamten, ob sie ein paar Worte mit mir wechseln dürfe. Sie nickten, behielten uns jedoch im Auge. »Was ist passiert?«, flüsterte ich.
»Das weißt du nicht?« Sie hatte geweint, ihr Gesicht war verschwollen. »Warum hast du gesagt, dass ich weggehen soll?«, fragte sie mit ungewohnter Strenge.
»Das ist nicht so einfach zu erklären.«
»Wusstest du, was passieren würde? Wenn ja, dann verzeihe ich dir das bis an mein Lebensende nicht!«
»Debbie, ich weiß überhaupt nicht, wovon du redest. Ehrlich nicht.«
Sie sah mich eindringlich an, suchte nach einem Anzeichen dafür, dass ich log. Nachdem sie keines entdecken konnte, wurden ihre Züge weicher. »Du erfährst es sowieso bald aus den Nachrichten«, murmelte sie, »da ist es wohl egal, wenn ich es dir gleich erzähle, aber sag's bitte nicht weiter.« Sie holte tief Luft. »Ich habe am Freitag, nach deinem Anruf, sofort die Wohnung verlassen und mir ein Zimmer

genommen, obwohl ich dich für übergeschnappt hielt.«

Sie machte eine Pause.

»Und?«, bohrte ich weiter.

»Jemand hat die Nachbarn auf meiner Etage überfallen. Mr. und Mrs. Andrews und Mr. Hugon. Du hast sie, glaube ich, nicht kennen gelernt.«

Ich leckte mir nervös über die Lippen. »Mr. Andrews habe ich einmal gesehen. Wurden sie umgebracht?« Debbie nickte. Wieder traten ihr Tränen in die Augen. »Wurde ihnen auch alles Blut abgezapft?«, fragte ich heiser und kannte die grausige Antwort bereits.

»Ja.«

Beschämt wandte ich den Blick ab. Ich hätte nie damit gerechnet, dass sich die Vampyre über Debbies Nachbarn hermachen würden. Ich hatte lediglich das Wohlergehen meiner Freundin im Sinn gehabt und an andere Leute nicht einmal gedacht. Ich hätte das ganze Haus überwachen und mit dem Schlimmsten rechnen sollen. Weil ich das nicht getan hatte, waren jetzt drei Menschen tot.

»Wann ist es passiert?«, fragte ich matt.

»Am Samstag spät nachts oder am frühen Sonntagmorgen. Sie haben die Leichen gestern Nachmittag gefunden, doch die Polizei konnte mich erst heute ausfindig machen. Sie haben sich bislang bedeckt gehalten, aber ich glaube, allmählich sickert die Nachricht durch. Auf dem Weg hierher sind wir am Haus vorbeigefahren. Überall schwirrten Reporterteams herum.«

»Warum hat die Polizei denn nach dir gesucht?«

Sie starrte mich an. »Wenn man die Nachbarn links und rechts von deiner Wohnung umbringen und dich nirgendwo finden würde, glaubst du nicht auch, dass die Polizei nach dir suchen würde?«, blaffte sie.

»Tut mir Leid. War eine dumme Frage. Hab nicht nachgedacht.«

Debbie senkte den Kopf und fragte sehr leise: »Weißt du, wer das getan hat?«

Ich zögerte kurz mit meiner Antwort. »Ja und nein. Ich weiß nicht, wie sie heißen, doch ich weiß, was sie sind und warum sie es getan haben.«

»Dann erzähl es der Polizei«, sagte sie.

»Das bringt überhaupt nichts. Es übersteigt ihre Vorstellungskraft.«

Debbie sah mich durch einen Tränenschleier an und sagte: »Heute Abend werde ich wieder freigelassen. Sie haben meine Aussage aufgenommen, aber sie wollen sie noch ein paarmal mit mir durchgehen. Sobald ich entlassen bin, muss ich dir dringend ein paar Fragen stellen. Und wenn mich deine Antworten nicht überzeugen, liefere ich dich ihnen aus.«

»Vielen …« Sie drehte sich auf dem Absatz um, stürmte davon und ging zusammen mit den Polizeibeamten weiter zu Mr. Chivers Büro »… Dank«, beendete ich den Satz und schlich langsam zum Unterricht in meine Klasse. Das Klingeln zeigte das Ende der Mittagspause an, doch in meinen Ohren klang es wie eine Totenglocke.

KAPITEL 14

Der Zeitpunkt war gekommen, Debbie mit der Wahrheit bekannt zu machen, doch Steve und Harkat waren von der Idee nicht begeistert. »Was ist, wenn sie die Polizei informiert?«, rief Steve.

»Es ist zu gefährlich«, meinte Harkat. »Menschen sind im besten Falle ... unberechenbar. Wir wissen nicht, wie sie reagiert oder ... was sie unternimmt.«

»Das ist mir egal«, sagte ich stur. »Die Vampyre machen jetzt Ernst. Sie wissen, dass wir hinter ihnen her sind. Die Kerle wollten Debbie umbringen. Sie haben ihre Nachbarn abgeschlachtet, weil sie nicht zu Hause war. Wir spielen jetzt mit höherem Einsatz. Debbie muss wissen, wie ernst die Lage ist.«

»Was, wenn sie uns der Polizei ausliefert?«, fragte Steve leise.

»Dieses Risiko müssen wir eingehen«, antwortete ich trotzig.

»Dieses Risiko musst *du* eingehen«, bemerkte Steve spitz.

»Ich dachte, wir halten zusammen«, seufzte ich. »Wenn ich mich getäuscht habe, kannst du jederzeit gehen. Ich halte dich nicht zurück.«

Steve rutschte auf seinem Stuhl herum und fuhr mit den Fingern seiner rechten Hand, die noch immer in einem Handschuh steckte, über das Kreuz auf seiner bloßen linken Handfläche. Er tat das oft, so wie Mr. Crepsley über seine Narbe strich, wenn er nachdachte. »Sei nicht gleich beleidigt«, sagte er düster. »Ich bleibe bis zum Schluss bei euch, wie ich es geschworen habe. Dennoch betrifft deine Entscheidung uns alle. Das finde ich nicht in Ordnung. Wir sollten darüber abstimmen.«

Ich schüttelte den Kopf. »Keine Abstimmung. Ich kann Debbie nicht opfern, genauso wenig wie du es zulassen konntest, dass mich Hakenmann in dieser Gasse erledigte. Ich weiß, dass ich Debbie damit über unseren Auftrag stelle, aber ich kann nicht anders.«

»Ist deine Zuneigung zu ihr so stark?«, fragte Steve.

»Ja.«

»Dann streite ich mich nicht länger mit dir herum. Sag ihr die Wahrheit.«

»Danke.« Ich sah zu Harkat hinüber, um mir auch sein Einverständnis zu holen.

Der Kleine Kerl senkte den Blick. »Diese Entscheidung ist falsch. Ich weiß, dass ich es dir nicht ausreden kann, deshalb versuche ich es gar nicht erst, doch … ich bin nicht deiner Meinung. Die Gruppe sollte immer den Vorzug vor dem … Einzelnen haben.« Dann zog er sich die Maske, die er benötigte, um die für ihn giftige Luft zu filtern, über den

Mund, wandte uns den Rücken zu und brütete in finsterem Schweigen vor sich hin.

Debbie kam kurz vor sieben. Sie war geduscht und umgezogen (die Polizei hatte ein paar Sachen aus ihrer Wohnung mitgenommen), sah aber immer noch schrecklich aus. »Unten im Foyer wartet ein Polizist«, sagte sie, als sie eintrat. »Er wollte wissen, ob ich Begleitschutz bräuchte, und ich sagte Ja. Er glaubt, ich sei hier, um dir Nachhilfe zu geben. Ich habe ihm deinen Namen genannt. Falls dir das nicht passt … Pech!«

»Freut mich ebenfalls, dich zu sehen«, sagte ich lächelnd und wollte ihr den Mantel abnehmen. Sie ignorierte mich und ging ein paar Schritte ins Zimmer, blieb jedoch sofort stehen, als sie Steve und Harkat erblickte. Der kleine Kerl hatte sich weggedreht.

»Du hast nichts davon gesagt, dass wir nicht allein sind«, sagte sie pikiert.

»Die beiden müssen dabei sein«, erwiderte ich. »Sie gehören zu dem, was ich dir erklären muss.«

»Wer sind sie?«, wollte sie wissen.

»Das ist Steve Leopard.« Steve verneigte sich knapp. »Und der da ist Harkat Mulds.«

Einen Augenblick dachte ich, Harkat würde sie nicht ansehen. Doch dann drehte er sich langsam um. »Herr im Himmel!«, japste Debbie beim Anblick seiner grauen und vernarbten unnatürlichen Gesichtszüge.

»Solche wie mich hast du wohl ... nur selten in der Schule«, sagte Harkat und lächelte unsicher.

»Ist ...« Debbie leckte sich über die Lippen. »Kommt er auch aus dieser Spezialklinik, von der du mir erzählt hast? In der du mit Evra Von warst?«

»Es gibt keine Klinik. Das war gelogen.«

Sie blickte mich kalt an. »Und was war noch gelogen?«

»So ziemlich alles«, grinste ich schuldbewusst. »Doch jetzt ist Schluss damit. Ab heute sage ich dir die reine Wahrheit. Wenn ich fertig bin, wirst du mich entweder für verrückt halten oder dir wünschen, ich hätte nie den Mund aufgemacht, aber erst einmal musst du mir zuhören. Dein Leben hängt davon ab.«

»Ist es eine lange Geschichte?«, fragte sie.

»Eine der längsten, die du in deinem ganzen Leben zu hören bekommen dürftest«, antwortete Steve lachend.

»Dann setze ich mich lieber«, sagte Debbie. Sie suchte sich einen Sessel aus, streifte den Mantel ab, legte ihn über den Schoß und gab mir mit einem kurzen Nicken zu verstehen, dass ich anfangen konnte.

Ich begann mit dem Cirque du Freak und Madame Octa, meiner Spinne. Rasch spulte ich die Jahre als Mr. Crepsleys Gehilfe und meine Zeit im Berg der Vampire ab. Ich erzählte ihr von Harkat und dem Lord der Vampyre. Dann erklärte ich, warum ich hergekommen war, von den gefälschten Unterlagen, die ans Mahler geschickt worden waren, wie ich Steve begegnet war und welche Rolle er bei der ganzen Sache spielte, und hörte erst mit den Ereignissen des vergangenen Wochenendes auf.

Dann schwiegen wir lange.

»Das ist ja krank«, sagte Debbie schließlich. »Das kann nicht dein Ernst sein.«

»Doch. Es ist sein Ernst«, gluckste Steve.

»Vampire … Geister … Vampyre … Völlig absurd."

»Es ist wahr«, sagte ich leise. »Ich kann es beweisen.« Ich hob die Hand, um ihr die Narben auf meinen Fingerkuppen zu zeigen.

»Narben beweisen überhaupt nichts«, fauchte sie.

Ich ging zum Fenster. »Stell dich an die Tür und sieh mich an«, forderte ich sie auf. Debbie reagierte nicht. Ich las den Zweifel in ihren Augen. »Mach schon«, sagte ich. »Es tut nicht weh.« Mit dem Mantel in der Hand ging sie zur Tür und drehte sich zu mir um. »Halt die Augen offen«, sagte ich. »Versuch nicht zu blinzeln.«

»Was hast du vor?«, fragte sie.

»Das wirst du schon sehen … oder besser gesagt, nicht sehen.«

Sobald sie mich aufmerksam betrachtete, spannte ich die Beinmuskeln an, schoss auf sie zu und hielt erst dicht vor ihr an. Ich bewegte mich schneller, als ein menschliches Auge folgen kann. Debbie musste es so vorgekommen sein, als wäre ich einfach verschwunden und dicht vor ihr wieder aufgetaucht. Sie riss die Augen auf und lehnte sich Halt suchend gegen die Tür. Nun drehte ich mich um, flitzte mit der gleichen Geschwindigkeit zurück und blieb vor dem Fenster stehen.

»Täräää!«, sagte Steve und klatschte lässig.

»Wie machst du das?«, fragte Debbie mit zittriger Stimme. »Du bist ... du warst dort ... und dann warst du ... plötzlich hier ...«

»Ich kann mich unglaublich schnell bewegen. Ich bin auch sehr stark. Ich könnte mit der Faust durch diese Wände schlagen und mir nicht mal die Knöchel aufschürfen. Ich kann höher und weiter springen als jeder Mensch, länger die Luft anhalten. Und ich kann hunderte von Jahren alt werden.« Entschuldigend zuckte ich die Achseln. »Ich bin ein Halbvampir.«

»Aber das ist unmöglich! Es gibt keine Vam...« Debbie kam ein paar Schritte auf mich zu und blieb wieder stehen. Sie war hin- und hergerissen zwischen ihrem Vertrauen zu mir und ihrem Verstand.

»Ich könnte dir die ganze Nacht lang weitere Beweise liefern«, sagte ich. »Und du könntest die ganze Nacht lang nach logischen Erklärungen suchen. Doch die Wahrheit ist nun mal die Wahrheit, Debbie. Akzeptiere sie, oder lass es bleiben! Ganz wie es dir beliebt.«

»Das ist ... ich kann doch nicht ...« Sie blickte mir forschend in die Augen. Dann nickte sie und ließ sich wieder in den Sessel sinken. »Ich glaube dir«, stöhnte sie. »Gestern hätte ich dich noch für verrückt gehalten, inzwischen habe ich jedoch die Fotos von den Andrews und Mr. Hugon gesehen. So etwas könnte kein Mensch tun.«

»Verstehst du jetzt, warum ich es dir sagen musste?«, fragte ich. »Wir wissen nicht, weshalb uns die Vampyre hierher gelockt haben oder warum sie Katz und Maus mit uns spielen, aber sie haben zweifellos vor, uns umzubringen. Der Überfall auf deine Nachbarn war nur der Anfang des Blutvergießens. Jetzt geht es erst richtig los. Wenn sie dich finden, bist du die Nächste.«

»Warum?«, fragte Debbie schwach. »Wenn sie hinter dir und diesem Mr. Crepsley her sind, was wollen sie dann von mir?«

»Ich weiß nicht. Es ist mir selbst ein Rätsel. Doch genau das macht mir Angst.«

»Was tut ihr, um sie davon abzuhalten?«

»Wir fahnden tagsüber nach ihnen, in der Hoffnung, sie bald aufzuspüren. Wenn uns das gelingt, greifen wir sie an. Mit etwas Glück besiegen wir sie.«

»Ihr müsst die Polizei verständigen«, sagte sie beharrlich. »Und die Armee. Die können ...«

»Nein«, fiel ich ihr schroff ins Wort. »Die Vampyre sind *unsere* Angelegenheit. *Wir* nehmen das in die Hand.«

»Wie kannst du so etwas sagen, wenn sie Menschen töten?« Debbie war jetzt richtig wütend. »Die Polizei müht sich vergeblich ab, die Mörder zu finden, weil sie nicht den geringsten Anhaltspunkt hat. Hättet ihr den Beamten gesagt, wonach sie suchen sollen, hätten sie diese Ungeheuer womöglich schon vor Monaten unschädlich gemacht.«

»So funktioniert das nicht«, sagte ich. »Ich *darf* das nicht tun.«

»Ich schon!«, konterte sie. »Und genau das werde ich auch tun! Ich gehe sofort runter ins Foyer und erzähle es dem Polizisten. Dann werden wir ja sehen, was ...«

»Was willst du ihm denn sagen?«, unterbrach sie Steve.

»Ich ...« Debbie verstummte.

»Der glaubt dir doch kein Wort«, fuhr Steve fort. »Der hält dich glatt für übergeschnappt. Er verständigt einen Arzt, und sie schleppen dich irgendwo hin, wo du ...«, er grinste, » ... wieder zur Vernunft gebracht wirst.«

»Ich könnte Darren mitnehmen«, sagte sie wenig überzeugend. »Er ...«

»... würde freundlich lächeln und den Polizisten fragen, warum sich seine Lehrerin so eigenartig aufführt.«

»Du täuschst dich«, erwiderte Debbie mit bebender Stimme. »Ich könnte die Leute sehr wohl überzeugen.«

»Na dann los.« Steve grinste höhnisch. »Du weißt, wo die Tür ist. Viel Glück. Schick uns eine Postkarte, und schreib uns, wie du vorankommst.«

»Ich kann dich nicht leiden«, schnaubte Debbie. »Du bist ein eingebildetes Großmaul.«

»Du musst mich nicht mögen«, konterte Steve. »Wir veranstalten hier keinen Sympathiewettbewerb. Es geht um Leben und Tod. Ich habe mich ausführlich mit den Vampyren beschäftigt und bereits sechs von ihnen umgebracht. Auch Harkat und Darren haben gegen sie gekämpft und welche getötet. Wir wissen, was wir unternehmen müssen, um ihrem Treiben ein Ende zu setzen. Glaubst du im Ernst, du hast das Recht, dich hier hinzustellen und uns zu erklären, was wir zu tun und zu lassen haben? Bis vor ein paar Stunden hast du nicht einmal gewusst, dass es Vampyre überhaupt gibt!«

Debbie wollte protestieren, ließ es jedoch bleiben. »Du hast Recht«, gab sie widerwillig zu. »Ihr habt euer Leben für andere aufs Spiel gesetzt und versteht mehr davon als ich. Ich sollte euch nicht belehren. Wahrscheinlich ist gerade die Lehrerin mit mir durchgegangen.« Ihr gelang sogar ein gequältes Lächeln.

»Du traust uns also zu, dass wir die Sache in den Griff bekommen?«, fragte ich. »Und du suchst dir eine neue Wohnung, oder besser noch, ziehst für ein paar Wochen in eine andere Stadt, bis das Ganze vorbei ist?«

»Ich traue es euch zu«, erwiderte sie, »aber wenn ihr denkt, ich laufe davon, habt ihr euch geschnitten. Ich bleibe hier und kämpfe.«

»Was redest du da?«, fragte ich stirnrunzelnd.
»Ich helfe euch dabei, die Vampyre zu finden und zu töten.«
Ich starrte sie an und staunte darüber, mit welcher Unbekümmertheit sie das gesagt hatte, als ginge es darum, ein entlaufenes Hündchen wieder einzufangen. »Debbie!«, keuchte ich. »Hast du nicht zugehört? Diese Wesen können sich superschnell bewegen und dich mit einem Fingerschnippen ins Jenseits befördern. Was willst du als gewöhnlicher Mensch gegen sie ausrichten?«
»Ich könnte mit euch die Kanalisation erforschen«, sagte sie. »Mit mir habt ihr zwei zusätzliche Beine, Augen und Ohren zur Verfügung. Wir könnten uns paarweise aufteilen und ein doppelt so großes Gebiet durchkämmen.«
»Du kannst nicht mit uns Schritt halten«, protestierte ich. »Wir sind zu schnell.«
»In stockdunklen Gängen, aus denen jederzeit Vampyre hervorspringen können?« Sie lächelte. »Das bezweifle ich.«
»Na schön«, pflichtete ich ihr bei, »von der Geschwindigkeit her könntest du wahrscheinlich mithalten, allerdings nicht, was die Ausdauer angeht. Wir sind den ganzen Tag unterwegs, ohne Pause. Du würdest müde werden und zurückfallen.«
»Steve schafft es ja auch«, bemerkte sie.
»Der ist daran gewöhnt. Abgesehen davon«, fügte ich hinzu, »muss er nicht jeden Tag in die Schule.«

»Ich auch nicht. Ich bin aus familiären Gründen beurlaubt und werde frühestens Anfang nächster Woche zurückerwartet.«
»Debbie … du … das ist doch …«, stotterte ich und wandte mich Hilfe suchend an Steve. »Sag du ihr, dass sie nicht ganz bei Trost ist.«
»Eigentlich finde ich die Idee gar nicht schlecht«, meinte er.
»*Was?*«, fuhr ich ihn an.
»Dort unten können wir ganz gut noch jemanden gebrauchen. Wenn sie es sich zutraut, würde ich sagen, wir probieren es mal.«
»Was ist, wenn wir Vampyren über den Weg laufen? Findest du wirklich, Debbie sollte sich mit Hakenmann oder einem seiner Spießgesellen einlassen?«
»Ehrlich gesagt: Ja.« Er lächelte. »Nach allem, was ich bis jetzt gesehen habe, hat sie ganz schön Mumm.«
»Vielen Dank«, sagte Debbie.
»Keine Ursache«, lachte er, wurde jedoch sofort wieder ernst. »Ich kann ihr ein Pfeilgewehr abgeben. Wenn es hart auf hart kommt, sind wir wahrscheinlich froh, einer mehr zu sein. Zumindest gibt sie für die Vampyre ein weiteres Ziel ab, mit dem sie sich befassen müssen.«
»Da mache ich nicht mit«, knurrte ich. »Harkat … sag du's ihnen.«
Die grünen Augen des Kleinen Kerls sahen nachdenklich aus. »Was soll ich ihnen denn sagen, Darren?«

»Dass es Wahnsinn ist! Schwachsinn! Dummheit hoch drei!«

»Tatsächlich?«, fragte er leise. »Würdest du Debbies Angebot auch so rasch ablehnen, wenn sie ... jemand anders wäre? Unsere Chancen stehen eher schlecht. Wenn wir den Sieg davontragen wollen, brauchen wir Verbündete.«

»Aber ...«, setzte ich an.

»*Du* hast sie da hineingezogen«, unterbrach mich Harkat. »Ich habe dich gewarnt. Du hast nicht auf mich gehört. Du kannst nicht über die Leute verfügen ... wenn du sie erst einmal mit hineingezogen hast. Sie kennt die Risiken, und sie ... akzeptiert sie. Was kannst du vorbringen, um ihr Angebot abzulehnen ... außer, dass du sie gern hast und ... nicht willst, dass ihr etwas passiert?«

So gesehen, konnte ich nichts dagegen einwenden.

»Also gut«, seufzte ich. »Es passt mir zwar ganz und gar nicht, aber wenn du unbedingt mitmachen willst, kann ich es wohl nicht verhindern.«

»Er ist echt charmant, was?«, stellte Steve fest.

»Jedenfalls weiß er, wie man einem Mädchen zu verstehen gibt, dass es gern gesehen ist«, grinste Debbie. Dann ließ sie den Mantel fallen und beugte sich gespannt vor. »Wir haben genug Zeit verplempert. Ich will alles über diese Ungeheuer wissen. Wie sehen sie aus? Wie riechen sie? Was für Spuren hinterlassen sie? Wohin ...«

»Klappe!«, fuhr ich harsch dazwischen.

Debbie blickte mich beleidigt an. »Was hab ich denn ge…«

»Pscht!«, sagte ich, diesmal leise, und legte den Zeigefinger auf die Lippen. Ich schlich zur Tür und legte das Ohr daran.

»Gibt's Ärger?«, fragte Harkat und stellte sich neben mich.

»Ich habe eben leise Schritte auf dem Flur gehört, aber nirgendwo ist eine Tür aufgegangen.«

Wir wechselten einen viel sagenden Blick und zogen uns zurück. Harkat nahm seine Axt und trat ans Fenster.

»Was ist los?«, erkundigte sich Debbie. Ich hörte, wie ihr Herz laut und schnell schlug.

»Vielleicht nichts. Vielleicht ein Überfall.«

»Vampyre?«, fragte Steve grimmig.

»Ich weiß nicht. Möglicherweise nur ein neugieriges Zimmermädchen. Doch da draußen im Flur ist jemand. Möglicherweise hat man uns belauscht, oder auch nicht. Wir dürfen jedenfalls kein Risiko eingehen.«

Steve griff nach seiner Waffe und legte einen Pfeil ein.

»Ist jemand draußen?«, fragte ich Harkat.

»Nein. Ich glaube, wir haben freie Bahn, falls wir … fliehen müssen.«

Ich zog mein Schwert und überprüfte die Klinge, während ich überlegte, wie wir vorgehen sollten. Wenn wir das Hotel sofort verließen, war es sicherer, besonders für Debbie, aber wenn man erst einmal auf der Flucht ist, kann man nur schwer wieder anhalten.

»Lust auf ein Tänzchen?«, fragte ich Steve.

Er stieß stockend den Atem aus. »Ich habe noch nie gegen einen aufrecht stehenden Vampyr gekämpft«, sagte er. »Ich habe stets bei Tag zugeschlagen, wenn sie schliefen. Ich weiß nicht, ob ich viel ausrichten kann.«

»Harkat?«

»Ich finde, wir beide sollten mal nachsehen ... was los ist«, antwortete er. »Steve und Debbie warten am Fenster. Sobald sie Kampflärm hören, sollten ... sie abhauen.«

»Wie denn?«, fragte ich. »Es gibt keine Feuerleiter, und sie können keine Wände hinunterklettern.

»Kein Problem«, meinte Steve. Er zwinkerte mir zu, griff in seine Jacke und entrollte ein dünnes Seil, das er sich um die Hüfte geschlungen hatte. »Ich komme nie unvorbereitet.«

»Hält das Seil euch beide aus?«, fragte Harkat.

Steve nickte und band ein Ende des Seils am Heizkörper fest. Dann öffnete er das Fenster und warf das andere Ende hinunter. »Komm her«, sagte er zu Debbie. Sie gehorchte ohne Widerrede. Er ließ sie auf die Fensterbank und dann nach draußen steigen, die Hände am Seil, damit sie sich jederzeit schnell abseilen konnte. »Ihr beiden tut, was ihr zu tun habt«, sagte Steve und sicherte die Tür mit dem

Pfeilgewehr. »Wenn es ganz dick kommt, machen wir uns davon.«

Ich stimmte mich mit Harkat ab, schlich auf Zehenspitzen zur Tür und legte die Hand auf den Griff. »Ich zuerst«, flüsterte ich, »Also ich gehe gleich in die Hocke. Du kommst direkt hinterher. Wenn du jemanden siehst, der hier nicht hergehört ... Mach ihn alle. Sein Empfehlungsschreiben sehen wir uns hinterher an.«

Ich öffnete die Tür und hechtete in den Flur, ohne vorher abzuzählen. Harkat folgte mir mit der Waffe im Anschlag.

Links war niemand. Ich wandte mich nach rechts – auch dort war nichts zu sehen. Wie erstarrt blieb ich stehen und lauschte angestrengt.

Lange, angespannte Sekunden vergingen. Wir rührten uns nicht. Die Stille nagte an unseren Nerven, aber wir ignorierten sie und konzentrierten uns – wenn man gegen Vampyre kämpft, darf man sich keine Sekunde Ablenkung leisten.

Dann hustete jemand über uns.

Ich warf mich auf den Boden, rollte mich auf den Rücken und riss das Schwert hoch. Auch Harkat richtete seine Waffe nach oben.

Doch bevor der Kleine Kerl abdrücken konnte, ließ sich die Gestalt an der Decke fallen, schleuderte ihn mit einem kräftigen Hieb quer durch den Flur und trat mir das Schwert aus der Hand. Ich kroch hinterher, hielt dann aber inne, als ich ein vertrautes

Kichern vernahm. »Spiel, Satz und Sieg für mich, würde ich sagen.«
Als ich mich umdrehte, stand ich einem in purpurrote Tierfelle gehüllten, stämmigen Mann gegenüber, barfuß und mit grün gefärbtem Haar. Es war mein Kollege, der Vampirfürst Vancha March!
»Vancha!« Ich schluckte, als er mich am Kragen packte und mir auf die Füße half. Harkat war allein wieder aufgestanden und rieb sich die Stelle am Hinterkopf, wo Vancha ihn erwischt hatte.
»Darren«, sagte Vancha. »Harkat.« Er drohte uns mit dem Finger. »Vergesst nie, auch nach oben zu schauen, wenn ihr ein Gelände absichert. Wenn ich es darauf angelegt hätte, wärt ihr beide jetzt tot.«
»Seit wann bist du hier?«, rief ich aufgeregt. »Warum hast du dich angeschlichen? Wo ist Mr. Crepsley?«
»Larten ist auf dem Dach. Wir sind vor ungefähr fünfzehn Minuten zurückgekommen. Da wir unbekannte Stimmen im Zimmer gehört haben, waren wir lieber vorsichtig. Wer ist da bei euch?«
»Komm rein, dann stell ich dich vor«, grinste ich und führte ihn ins Zimmer. Ich versicherte Steve und Debbie, dass keine Gefahr bestehe und ging zum Fenster, um einen argwöhnischen, windzerzausten Mr. Crepsley vom Dach zu rufen und willkommen zu heißen.

KAPITEL 15

Mr. Crepsley verhielt sich Steve gegenüber genauso misstrauisch, wie dieser es prophezeit hatte. Sogar nachdem ich von dem Überfall, bei dem mir Steve das Leben gerettet hatte, erzählt hatte, betrachtete er den Menschen mit unverhohlener Verachtung und hielt sich von ihm fern. »Blut bleibt Blut«, knurrte er. »Als ich Steve Leonards Blut getestet habe, schmeckte es nach abgrundtiefer Bösartigkeit. So etwas verdünnt sich nicht im Lauf der Zeit.«

»Ich bin nicht bösartig«, knurrte Steve zurück. »*Sie* sprechen hier grausame, schreckliche, unbegründete Anschuldigungen aus. Haben Sie eine Ahnung, wie mies ich mich damals gefühlt habe, nachdem Sie mich wie ein Ungeheuer weggejagt hatten? Ihre gemeine Zurückweisung hätte mich beinahe tatsächlich in die Arme des Bösen getrieben!«

»Der Weg dorthin war vermutlich nicht besonders weit«, erwiderte Mr. Crepsley glatt.

»Du kannst dich auch getäuscht haben, Larten«, sagte Vancha. Der Fürst lag auf dem Sofa, die Füße auf dem Fernseher, den er sich herangezogen hatte. Seine Haut war nicht mehr so rot wie beim letzten

Mal, als ich ihn gesehen hatte (Vancha war davon überzeugt, er könne sich antrainieren, dem Sonnenlicht standzuhalten. Um seine Abwehrkräfte zu stärken, ging er regelmäßig tagsüber eine Stunde oder länger spazieren, wobei er sich oft einen schlimmen Sonnenbrand holte). Vermutlich hatte er die letzten Monate in der Abgeschiedenheit des Vampirbergs zugebracht.

»Ich habe mich nicht getäuscht«, sagte Mr. Crepsley hartnäckig. »Ich erkenne den Geschmack des Bösen.

»Darauf würde ich nicht wetten«, meinte Vancha und kratzte sich in der Achselhöhle. Ein Käfer fiel heraus und landete auf dem Boden. Er schob ihn mit dem rechten Fuß beiseite. »Blut lässt sich nicht so einfach bestimmen, wie gewisse Vampire glauben. Ich habe im Lauf der Jahrzehnte bei einigen Leuten Spuren von ›bösem‹ Blut gefunden und die Betreffenden regelmäßig kontrolliert. Drei sind tatsächlich böse geworden, und ich habe sie getötet. Die anderen haben ein ganz normales Leben geführt.«

»Nicht alle, die böse *geboren* sind, *tun* auch Böses«, sagte Mr. Crepsley, »dennoch lasse ich es ungern darauf ankommen. Ich kann diesem Mann kein Vertrauen schenken.«

»Das ist dumm«, sagte ich ärgerlich. »Sie sollten die Leute danach beurteilen, was sie tun, nicht nach dem, was sie eventuell tun könnten. Steve ist mein Freund. Ich verbürge mich für ihn.«

»Ich auch«, sagte Harkat. »Zuerst war ich misstrauisch, aber jetzt bin ich überzeugt davon, dass er auf … unserer Seite ist. Er hat nicht nur Darren gerettet. Er hat ihm … auch geraten, Debbie anzurufen und sie dazu zu bringen, die Wohnung zu verlassen. Andernfalls wäre sie jetzt tot.«

Mr. Crepsley schüttelte starrsinnig den Kopf. »Meiner Meinung nach sollten wir sein Blut noch einmal prüfen. Vancha soll es tun. Dann sieht er, dass ich die Wahrheit sage.«

»Das bringt doch nichts«, widersprach Vancha. »Wenn du sagst, in seinem Blut sind Spuren des Bösen, dann glaube ich dir das. Vergiss nicht, man kann seine natürlichen Mängel besiegen. Ich weiß überhaupt nichts über diesen Menschen, aber ich kenne Darren und Harkat, und auf ihr Urteil gebe ich mehr als auf die Qualität von Steves Blut.«

Mr. Crepsley brummelte etwas in sich hinein, doch er wusste, dass er überstimmt war. »Von mir aus«, sagte er resigniert. »Dann werde ich nicht mehr davon reden. Trotzdem behalte ich dich *sehr* genau im Auge«, warnte er Steve.

»Das tun Sie ruhig mal«, erwiderte Steve schnippisch.

Um die Atmosphäre zu bereinigen, fragte ich Vancha, warum er so lange weggeblieben sei. Er sagte, er habe Mika Ver Leth und Paris Skyle Bericht erstattet und ihnen alles über den Lord der Vampyre erzählt. Er habe sofort wieder losziehen wollen, doch als er sah, wie nahe Paris dem Tod war, habe er beschlossen, die letzten Monate des Fürsten an seiner Seite zu verbringen.

»Er hatte einen guten Tod«, sagte Vancha. »Als er wusste, dass er seine Rolle nicht mehr ausfüllen konnte, hat er sich heimlich davongemacht. Wir haben seinen Leichnam ein paar Nächte später gefunden, in tödlicher Umklammerung mit einem Bären.«

»Das ist ja grauenhaft!«, stöhnte Debbie auf, und alle anderen Anwesenden mussten über ihre typisch menschliche Reaktion grinsen.

»Glaub mir«, erklärte ich ihr, »es gibt keinen schlimmeren Tod für einen Vampir, als friedlich im Bett zu sterben. Paris hatte über achthundert Jahre auf dem Buckel. Ich glaube nicht, dass er diese Welt mit großem Bedauern verlassen hat.«

»Trotzdem ...«, sagte sie verstört.

»So sind Vampire eben«, meinte Vancha, beugte sich zu ihr und drückte tröstend ihre Hand. »Ich erkläre es dir mal, eines schönen Nachts«, fügte er hinzu und ließ seine Hand ein paar Sekunden länger als nötig auf ihrer liegen.

Wenn Mr. Crepsley Steve genau im Auge behalten wollte, dann würde ich Vancha noch viel genauer im Auge behalten! Ich merkte ganz genau, dass ihm Debbie gefiel. Ich glaubte zwar nicht, dass sie sich für den dreckverkrusteten, übel riechenden Fürsten mit den schlechten Manieren interessieren könnte, doch ich würde ihn keinesfalls mit ihr allein lassen, um es herauszufinden!

»Gibt es etwas Neues vom Lord der Vampyre oder von Gannen Harst?«, fragte ich, um ihn abzulenken.

»Nein. Ich habe den Oberen erzählt, dass Gannen mein Bruder ist und ihnen eine ausführliche Beschreibung von ihm geliefert, aber niemand hat ihn in letzter Zeit gesehen.«

»Was hat sich inzwischen hier ereignet?«, wollte Mr. Crepsley wissen. »Ist außer Miss Schierlings Nachbarn noch jemand ermordet worden?«

»Nennen Sie mich doch bitte Debbie«, sagte sie und lächelte ihn an.

»Wenn er nicht will, ich schon«, grinste Vancha und beugte sich abermals über ihre Hand, um sie zu tätscheln. Am liebsten hätte ich eine unhöfliche Bemerkung gemacht, hielt mich aber zurück. Vancha bemerkte, dass ich innerlich kochte, und zwinkerte mir anzüglich zu.

Wir berichteten Mr. Crepsley und Vancha, wie ruhig alles gewesen war, bevor Hakenmann mir aufgelauert hatte. »Dieser Hakenmann gefällt mir ganz und gar nicht«, brummte Vancha. »Ich habe noch nie von einem Vampyr mit Hakenhänden gehört. Traditionellerweise sieht ein Vampyr zu, dass er mit einem verlorenen Arm oder Bein klarkommt, aber er lässt sich keine künstlichen Gliedmaßen anpassen. Das ist wirklich merkwürdig.«

»Noch merkwürdiger ist, dass er seither nicht mehr angegriffen hat«, sagte Mr. Crepsley. »Wenn dieser Vampyr mit denjenigen unter einer Decke steckt,

die Darrens Personalien ans Mahler geschickt haben, dann kennt er auch die Adresse unseres Hotels. Warum also hat er Darren nicht hier angegriffen?«
»Glaubst du, da sind zwei Vampyrbanden am Werk?«, fragte Vancha.
»Möglich. Es könnte ebenso gut sein, dass die Vampyre für die Morde verantwortlich sind, wohingegen jemand anderes, vielleicht Salvatore Schick, Darren beim Schulamt angeschwärzt hat. Meister Schick könnte auch dafür gesorgt haben, dass der Vampyr mit den Hakenhänden Darrens Weg gekreuzt hat.«
»Wie hat Hakenmann Darren erkannt?«, fragte Harkat.
»Vielleicht am Geruch von Darrens Blut«, meinte Mr. Crepsley.
»Das gefällt mir nicht«, grummelte Vancha. »Zu viele ›Wenns‹ und ›Vielleichts‹. Meiner Meinung nach sollten wir zusehen, dass wir hier wegkommen. Sollen die Menschen selbst für sich sorgen.«
»Ich neige dazu, mich deiner Meinung anzuschließen«, pflichtete ihm Mr. Crepsley bei. »Ich sage es nicht gern, aber vielleicht dienen wir unseren Zwecken am besten damit, indem wir uns zurückziehen.«
»Dann zieht euch doch alle zurück und geht zum Teufel!«, entfuhr es Debbie. Wir starrten sie an, als sie sich erhob und mit geballten Fäusten und loderndem Blick vor Mr. Crepsley und Vancha aufbaute.

»Was seid ihr bloß für Ungeheuer?«, fauchte sie. »Ihr redet von Menschen wie von minderwertigen Lebewesen, um die es nicht schade ist!«

»Darf ich Sie daran erinnern, Madam«, erwiderte Mr. Crepsley steif, »dass wir hierher gekommen sind, um gegen die Vampyre zu kämpfen und damit Sie und Ihre Artgenossen zu schützen?«

»Sollen wir Ihnen dafür etwa dankbar sein?«, schnaubte sie. »Sie haben nur getan, was jeder getan hätte, der auch nur einen Funken Menschlichkeit in sich hat. Und bevor Sie jetzt wieder mit diesem Wir-sind-aber-nicht-menschlich-Mist ankommen: Man muss kein Mensch sein, um Menschlichkeit zu zeigen!«

»Ein feuriges Weibsbild, was?«, raunte mir Vancha zu. »An so eine könnte ich glatt mein Herz verlieren.«

»Verlier's gefälligst woanders«, erwiderte ich rasch. Debbie schenkte unserem kleinen Geplänkel keinerlei Beachtung. Ihr Blick war fest auf Mr. Crepsley gerichtet, der ihn gelassen erwiderte. »Verlangen Sie etwa von uns, dass wir hier bleiben und uns opfern?«

»Ich verlange überhaupt nichts«, gab sie zurück. »Aber wenn Sie jetzt gehen und die Vampyre hier weitermorden ... Können Sie das wirklich vor Ihrem Gewissen verantworten? Können Sie sich den Schreien derjenigen gegenüber, die sterben werden, taub stellen?«

Mr. Crepsley hielt Debbies Blick noch einige Sekunden stand, dann wandte er sich ab und murmelte leise: »Nein.« Debbie setzte sich zufrieden wieder hin. »Wir können doch nicht bis in alle Ewigkeit Phantomen nachjagen«, sagte Mr. Crepsley. »Darren, Vancha und ich haben einen Auftrag zu erfüllen, der schon viel zu lange aufgeschoben wurde. Wir dürfen nicht vergessen, dass wir weiterziehen müssen.«
Er wandte sich an Vancha: »Ich schlage vor, wir bleiben noch eine Woche, bis nach dem nächsten Wochenende. So lange tun wir alles, was in unserer Macht steht, um die Vampyre in einen Kampf zu verwickeln, wenn sie uns jedoch weiterhin aus dem Weg gehen, sollten wir unsere Niederlage eingestehen und uns zurückziehen.«
Vancha nickte bedächtig. »Ich würde lieber sofort weiterziehen, aber dein Vorschlag ist akzeptabel. Darren?«
»Eine Woche«, nickte ich zustimmend, fing Debbies Blick auf und zuckte die Achseln. »Mehr können wir nicht tun«, flüsterte ich.
»*Ich* kann mehr tun«, warf Harkat ein. »Ich bin nicht an diesen Auftrag gebunden ... wie ihr drei. Ich bleibe länger hier, falls sich die Angelegenheit ... bis dahin nicht erledigt hat.«
»Ich auch«, nickte Steve. »Ich bleibe bis zum Schluss.«
»Vielen Dank«, sagte Debbie leise. »Ich danke euch

allen.« Dann grinste sie mich matt an: »Alle für einen, einer für alle?«
Ich grinste zurück. »Alle für einen, einer für alle«, sagte ich, und dann wiederholten alle Anwesenden unaufgefordert die Losung – obwohl Mr. Crepsley, als er an der Reihe war, Steve einen misstrauischen Blick zuwarf und ironisch grunzte!

KAPITEL 16

Es war schon fast Morgen, als wir uns schlafen legten. Debbie hatte ihren Polizeiposten in der Nacht nach Hause geschickt. Wir verteilten uns auf die beiden Hotelzimmer. Harkat, Vancha und ich schliefen auf dem Boden, Mr. Crepsley in seinem Bett, Steve auf der Couch und Debbie im Bett im Nebenzimmer. Vancha hatte sich angeboten, das Bett mit Debbie zu teilen, falls sie jemanden brauchte, der sie wärmte.

»Vielen Dank«, hatte sie artig pariert, »aber da würde ich lieber neben einem Orang-Utan schlafen.«

»Sie mag mich!«, verkündete Vancha, als sie weg war. »Frauen tun immer so spröde, wenn sie es auf mich abgesehen haben!«

Am Abend beglichen Mr. Crepsley und ich die Hotelrechnung. Jetzt, da sich uns Vancha, Steve und Debbie angeschlossen hatten, mussten wir uns ein ruhigeres Quartier suchen. Steves so gut wie verlassenes Mietshaus war ideal für unsere Zwecke. Wir übernahmen die beiden Wohnungen neben seiner und zogen sofort ein. Nachdem wir flüchtig sauber gemacht hatten, waren die Zimmer einigermaßen bewohnbar. Sie waren nicht komfortabel, dazu waren sie zu kalt und feucht, doch es würde ausreichen.

Dann war es an der Zeit, auf Vampyrjagd zu gehen. Wir teilten uns in drei Gruppen. Ich wollte mit Debbie gehen, aber Mr. Crepsley meinte, es wäre besser, wenn sie von einem vollwertigen Vampir begleitet würde. Vancha bot sich sofort als Partner an, doch ich erstickte diesen Vorschlag im Keim. Schließlich kamen wir überein, dass Debbie mit Mr. Crepsley, Steve mit Vancha und Harkat mit mir gehen sollte.

Abgesehen von unseren Waffen hatte jeder von uns ein Handy dabei. Vancha mochte keine Telefone – wenn es um moderne Kommunikationsmittel ging, war eine Buschtrommel für ihn das Höchste der Gefühle –, dennoch konnten wir ihn davon überzeugen, dass Handys durchaus von Vorteil waren. Falls einer von uns die Vampyre ausfindig machte, konnte er die anderen unverzüglich verständigen.

Wir ließen die Tunnel, die wir bereits überprüft hatten, und diejenigen, die regelmäßig von Menschen benutzt wurden, beiseite, teilten den Untergrund der Stadt in drei Abschnitte auf, einen pro Team, und stiegen in die Dunkelheit hinab.

Es wurde eine lange, ergebnislose Nacht. Niemand fand auch nur den kleinsten Hinweis auf die Vampyre, obwohl Vancha und Steve eine Leiche entdeckten, die schon vor vielen Wochen von den Blutsaugern versteckt worden war. Sie merkten sich den

Fundort, und Steve sagte, er würde die Behörden später, sobald wir unsere Suche beendet hatten, darüber informieren, damit die sterblichen Überreste identifiziert und bestattet werden konnten.

Als wir uns am folgenden Morgen in Steves Wohnung trafen, sah Debbie wie ein Gespenst aus. Ihr Haar war nass und zerzaust, die Kleider zerrissen, die Wangen zerkratzt, die Hände von scharfkantigen Steinen und alten Rohrleitungen zerschnitten. Während ich die Schnittwunden säuberte und ihr die Hände verband, starrte sie mit dunklen Ringen unter den Augen auf die Wand.

»Wie haltet ihr das nur Nacht für Nacht aus?«, fragte sie mit schwacher Stimme.

»Wir sind eben stärker als Menschen«, erwiderte ich. »Widerstandsfähiger und schneller. Ich habe gestern versucht, es dir zu erklären ... Du wolltest ja nicht auf mich hören.«

»Aber Steve ist kein Vampir.«

»Er treibt Sport. Und er hat jahrelange Übung.« Ich hielt inne und sah ihr in die müden braunen Augen. »Du musst nicht mit uns gehen«, sagte ich. »Du kannst die Suche von hier aus koordinieren. Du wärst hier oben ohnehin nützlicher als ...«

»Nein«, unterbrach sie mich entschlossen. »Ich habe gesagt, ich mache mit, und dazu stehe ich auch.«

»Na schön«, seufzte ich, befestigte den letzten Verband und half ihr, zum Bett zu humpeln. Über unseren Streit am Freitag hatten wir kein Wort mehr verloren – es war einfach nicht die richtige Zeit für persönliche Probleme.

Als ich zurückkam, lächelte Mr. Crepsley mich an. »Sie schafft das schon«, sagte er.

»Glauben Sie wirklich?«

Er nickte. »Ich habe keine Rücksicht auf sie genommen und ein zügiges Tempo vorgelegt. Trotzdem hat sie mitgehalten und sich nicht beschwert. Das fordert natürlich seinen Tribut, doch nach einem Tag Schlaf fühlt sie sich bestimmt wieder besser. Sie lässt uns nicht im Stich.«

Als Debbie spät am Abend erwachte, sah sie zwar nicht besser aus, wurde aber nach einem warmen Essen und einer Dusche lebhafter, und schließlich ging sie als Erste zur Tür hinaus und flitzte voraus in die Einkaufsstraße, um sich ein Paar dicke Handschuhe, wasserdichte Stiefel und neue Kleidung zu besorgen. Außerdem band sie sich das Haar zurück, setzte eine Baseballkappe auf, und als wir uns wenig später trennten, musste ich einfach bewundernd anerkennen, wie gefährlich (und zugleich schön) sie aussah. Ich war froh, dass sie mit dem Pfeilgewehr, das sie sich von Steve geborgt hatte, nicht hinter *mir* her war!

Mittwoch war ebenso Fehlanzeige wie Donnerstag. Wir wussten genau, dass sich die Vampyre in der Kanalisation aufhielten, aber das Tunnelsystem war so riesig, dass es den Anschein hatte, wir würden sie niemals finden. Am frühen Freitagmorgen, als

Harkat und ich bereits auf dem Rückweg zu unserem Lager waren, blieb ich an einem Kiosk stehen. Ich wollte ein paar Zeitungen kaufen, um auf dem Laufenden zu bleiben. Seit dem vergangenen Wochenende fand ich zum ersten Mal ein wenig Muße, mich darüber zu informieren, was auf der Welt so vor sich ging. Als ich die oberste Zeitung durchblätterte, sprang mir ein kurzer Artikel ins Auge. Ich blieb stehen.

»Stimmt was nicht?«, fragte Harkat.

Ich gab ihm keine Antwort. Zu sehr war ich damit beschäftigt weiterzulesen. In dem Artikel ging es um einen Jungen, der von der Polizei gesucht wurde. Man vermutete in ihm ein weiteres Opfer der Mörder, die am Dienstag abermals zugeschlagen und ein junges Mädchen getötet hatten. Der Name des gesuchten Jungen? *Darren Horston!*

Nachdem Debbie sich schlafen gelegt hatte (ich wollte sie nicht beunruhigen), sprach ich mit Mr. Crepsley und Vancha über den Artikel. Darin stand einfach nur, dass ich am Montag in der Schule gewesen sei und seither nicht mehr. Die Polizei hatte nach mir gesucht, so wie sie alle Schüler überprüfte, die dem Unterricht ohne Benachrichtigung fernblieben. Ich hatte vergessen anzurufen und mich krank zu melden. Als man mich nicht finden konnte, veröffentlichte man meine Beschreibung, verbunden mit dem Aufruf, jeder, der etwas über mich wisse,

solle sich melden. Außerdem sei man »daran interessiert, mit meinem Vater zu sprechen«, einem »gewissen Vur Horston«.
Ich schlug vor, im Mahler anzurufen und Bescheid zu geben, dass mit mir alles in Ordnung sei, aber Mr. Crepsley fand es besser, wenn ich persönlich dort erschien. »Wenn du anrufst, wollen sie vielleicht jemanden vorbeischicken, der sich mit dir unterhält. Und wenn wir uns überhaupt nicht darum kümmern, könnte dich jemand auf der Straße erkennen und der Polizei melden.«
Wir kamen überein, dass ich in die Schule gehen und dort erzählen sollte, ich sei krank gewesen und mein Vater hätte mich um meiner Gesundheit willen zu meinem Onkel gebracht. Ich würde ein paar Stunden mitmachen – gerade lange genug, dass alle sahen, dass es mir gut ging –, dann behaupten, mir sei wieder übel, und einen meiner Lehrer darum bitten, »Onkel« Steve anzurufen, damit er mich abholte. Steve sollte dem Lehrer gegenüber bemerken, mein Vater sei zu einem Vorstellungsgespräch, was auch die Entschuldigung war, die wir am Montag benutzen würden – mein Vater hätte den Job bekommen und sofort anfangen müssen, und mich daher angewiesen, zu ihm in die andere Stadt zu kommen.
Das Ganze war eine lästige Unterbrechung unserer Aktion, aber ich wollte an diesem Wochenende ungehindert an der Jagd auf die Vampyre teilnehmen, daher zog ich meine Schuluniform an und machte

mich auf den Weg. Zwanzig Minuten vor Schulbeginn meldete ich mich in Mr. Chivers Büro, weil ich dachte, ich müsste auf den notorischen Zuspätkommer warten, doch zu meiner Überraschung traf ich ihn bereits an. Ich klopfte und trat ein. »Darren!«, rief er erstaunt, als er mich erblickte, sprang auf und packte mich an den Schultern. »Wo hast du nur gesteckt? Warum hast du nicht angerufen?«

Ich spulte meine Geschichte ab und entschuldigte mich dafür, dass ich mich nicht gemeldet hatte. Ich sagte, ich hätte erst heute Vormittag erfahren, dass man nach mir fahndete, und ich erzählte ihm auch, dass ich keine Nachrichten gehört hätte und mein Vater geschäftlich unterwegs sei. Mr. Chivers rügte mich, weil ich nicht Bescheid gegeben hatte, wo ich gewesen war, doch er war so erleichtert, mich gesund und munter wieder zu sehen, dass er mir nicht weiter böse sein konnte.

»Ich hatte dich schon fast aufgegeben«, seufzte er und fuhr sich mit der Hand durch das Haar, das offenbar schon eine Weile nicht mehr gewaschen worden war. Er sah alt und mitgenommen aus. »Wäre es nicht schrecklich, wenn sie dich auch noch geschnappt hätten? Zwei in einer Woche ... Ich mag gar nicht daran denken.«

»Zwei, Sir?«, fragte ich.

»Ja. Es war schrecklich genug, Tara zu verlieren ... Wenn wir jetzt auch noch ...«

»Tara?«, fiel ich ihm ins Wort.

»Tara Williams. Das Mädchen, das letzten Dienstag umgebracht wurde.« Er schaute mich ungläubig an. »Du musst doch davon gehört haben.«
»Ich habe den Namen in der Zeitung gelesen. War sie eine Schülerin vom Mahler?«
»Herrgott noch mal, Junge, weißt du es denn wirklich nicht?«, fuhr er mich an.
»Was denn?«
»Tara Williams war in einem deiner Kurse! Deshalb haben wir uns ja solche Sorgen gemacht. Wir dachten, ihr wärt zusammen gewesen, als der Mörder zuschlug.«
Ich ließ den Namen durch meine geistigen Datenbanken laufen, fand jedoch kein passendes Gesicht dazu. Seit ich ans Mahler gekommen war, hatte ich einen Haufen Leute kennen gelernt, aber kaum jemanden näher, und davon so gut wie keine Mädchen.
»Du musst sie kennen«, sagte Mr. Chivers beharrlich. »Du hast doch in Englisch neben ihr gesessen!«
Ich erstarrte. Plötzlich war ihr Gesicht wieder da. Ein kleines Mädchen mit hellbraunen Haaren und silberner Zahnspange, sehr still. Sie hatte in Englisch links neben mir gesessen. Einmal hatte sie mich in ihr Gedichtbuch reinschauen lassen, als ich meins aus Versehen im Hotel vergessen hatte.
»O nein«, stöhnte ich, denn das konnte kein Zufall sein.

»Alles in Ordnung?«, fragte Mr. Chivers. »Soll ich dir was zu trinken holen?«
Ich schüttelte benommen den Kopf. »Tara Williams«, murmelte ich schwach und spürte, wie sich in mir ein Frösteln ausbreitete. Zuerst Debbies Nachbarn, und jetzt eine meiner Mitschülerinnen. Wer kam wohl als Nächstes an die Reihe?
»O nein!«, stöhnte ich abermals auf, diesmal lauter. Denn in diesem Augenblick fiel mir ein, wer in Englisch rechts neben mir saß – *Richard!*

KAPITEL 17

Ich fragte Mr. Chivers, ob ich mir den Tag freinehmen dürfe. Ich behauptete, ich hätte mich schon länger nicht richtig wohl gefühlt und könne nicht am Unterricht teilnehmen, weil ich ständig an Tara denken müsse. Er fand auch, dass ich besser wieder nach Hause ginge. »Darren«, sagte er, als ich mich bereits umwandte, »du bleibst doch an diesem Wochenende zu Hause und schonst dich?«

»Aber ja, Sir«, log ich und rannte auch schon die Treppe hinunter, um Richard zu suchen.

Als ich im Erdgeschoss ankam, hingen Smickey Martin und einige seiner Freunde am Eingang herum. Seit unserem Zusammenstoß auf der Treppe hatte er nicht mehr mit mir geredet – seine feige Flucht hatte gezeigt, wie mutig er wirklich war. Kaum hatte er mich erblickt, musste er sofort wieder mit seinen dummen Sprüchen anfangen. »Wen haben wir denn da? Schade, ich dachte, die Vampire hätten dich geschnappt, so wie Tara Williams.« Ich blieb stehen und marschierte dann direkt auf ihn zu. Er sah mich misstrauisch an. »Pass bloß auf, Horsty«, knurrte er. »Wenn du mich auch nur anrührst, kriegst du …«

Ich packte ihn vorn am Pullover, hob ihn hoch und ließ ihn am ausgestreckten Arm in der Luft zappeln. Er kreischte wie ein kleines Kind und versuchte, nach mir zu schlagen und zu treten, doch ich ließ ihn nicht los, sondern schüttelte ihn kräftig durch, bis er still war. »Ich suche Richard Montrose«, sagte ich. »Hast du ihn gesehen?« Smickey starrte mich an und schwieg. Ich klemmte ihm die Nase zwischen Zeigefinger und Daumen meiner linken Hand und drückte zu, bis er aufheulte. »Hast du ihn gesehen?«, wiederholte ich meine Frage.

»Jähää!«, quietschte er.

Ich ließ seine Nase los. »Wann? Wo?«

»Grade eben«, murmelte er. »Er wollte zum Computerraum.«

Ich seufzte erleichtert und ließ Smickey langsam wieder herunter. »Vielen Dank«, sagte ich. Daraufhin teilte Smickey mir erst mal mit, wohin ich mir meinen Dank stecken könne. Grinsend winkte ich dem gedemütigten Raufbold zum Abschied zu und verließ das Gebäude, erleichtert darüber, dass Richard in Sicherheit war – jedenfalls bis zum Abend …

In Steves Wohnung weckte ich die schlafenden Vampire und Menschen (Harkat war bereits wach) und besprach mit ihnen die neueste Entwicklung. Auch Debbie wusste nichts von der Ermordung des Mädchens, denn sie hatte keine Zeitung gelesen. Sie war schockiert. »Tara«, flüsterte sie mit Tränen in den Augen. »Was für eine Bestie sucht sich ein unschuldiges Kind wie Tara aus?«

Ich erzählte ihnen von Richard und meiner Vermutung, dass er der Nächste auf der Liste der Vampyre sein könnte. »Nicht unbedingt«, sagte Mr. Crepsley. »Ich glaube zwar auch, dass sie es wieder auf einen deiner Klassenkameraden abgesehen haben, so wie sie die Nachbarn links und rechts von Debbie hingerichtet haben, dennoch könnte es ebenso gut der Junge oder das Mädchen sein, das vor oder hinter dir sitzt.«

»Aber Richard ist mein Freund«, betonte ich. »Die anderen kenne ich kaum.«

»Ich glaube nicht, dass die Vampyre so genau informiert sind«, meinte er. »Sonst hätten sie Richard zuerst ausgewählt.«

»Wir müssen alle drei überwachen«, sagte Vancha. »Wissen wir, wo sie wohnen?«

»Das kann ich herausfinden«, schaltete sich Debbie ein und wischte sich die Tränen von den Wangen. Vancha warf ihr ein schmutziges Tuch zu, das sie dankbar annahm. »Ich habe auch von außen Zugriff auf die Schülerdateien. Ich kenne das Passwort. Ich gehe gleich in ein Internetcafé und kümmere mich darum.«

»Was wollen wir tun, wenn sie zuschlagen?«, fragte Steve. »*Falls* sie zuschlagen?«

»Dann machen wir das mit ihnen, was sie mit Tara

gemacht haben«, knurrte Debbie, bevor einer von uns anderen antworten konnte.

»Haltet ihr das für klug?«, erwiderte Steve. »Wir wissen, dass hier mehr als einer von ihnen am Werk ist, doch ich bezweifle, dass sie alle auf einmal aus ihrem Versteck kommen, nur um ein Kind zu töten. Wäre es nicht klüger, dem Angreifer zu folgen, nachdem er …«

»Halt, halt!«, unterbrach ihn Debbie. »Heißt das, wir sollen zusehen, wie sie Richard oder einen anderen Schüler umbringen?«

»Es wäre das Geschickteste. Unser Hauptziel ist schließlich …«

Bevor er weiterreden konnte, schlug ihm Debbie mit der flachen Hand ins Gesicht. »Du Vieh!«, zischte sie.

Steve sah sie ungerührt an. »Ich bin das, was ich sein muss«, sagte er. »Mit Nettigkeit und Rücksichtnahme kommen wir nicht weit, wenn wir die Vampyre aufhalten wollen.«

»Du … du …« Ihr fiel keine schlimmere Beschimpfung mehr ein.

»Da hat er nicht ganz Unrecht«, schaltete sich Vancha ein. Debbie drehte sich entsetzt zu ihm um. »Doch, finde ich schon«, brummte Vancha und senkte den Blick. »Mir gefällt die Vorstellung auch nicht besonders, sie noch ein Kind umbringen zu lassen, aber wenn wir dadurch die anderen retten können …«

»Nein«, sagte Debbie entschieden. »Keine Opfer. Das lasse ich nicht zu.«
»Ich auch nicht«, schloss ich mich ihr an.
»Habt ihr einen besseren Vorschlag?«, erkundigte sich Steve.
»Verwunden«, antwortete Mr. Crepsley, als wir anderen stumm blieben. »Wir überwachen die Wohnungen, warten auf einen Vampyr, und bevor er zuschlägt, schießen wir ihn mit einem Pfeil an. Wir töten ihn nicht, sondern zielen auf Arme oder Beine. Dann verfolgen wir ihn, und mit ein bisschen Glück führt er uns zu seinen Kumpanen.«
»Ich weiß nicht recht«, brummte Vancha. »Du, ich und Darren können mit diesen Dingern nicht umgehen. Mit solchen Waffen kämpft kein ordentlicher Vampir. Das heißt, wir müssen uns auf die Treffsicherheit von Steve, Harkat und Debbie verlassen.«
»Ich schieße bestimmt nicht vorbei«, gelobte Steve.
»Ich auch nicht«, sagte Debbie.
»Und ich erst recht nicht«, ergänzte Harkat.
»Vielleicht nicht«, nickte Vancha, »wenn sie jedoch zu mehreren sind, bleibt euch keine Zeit für einen zweiten Schuss – die Pfeilgewehre sind einschüssig.«
»Dieses Risiko müssen wir eingehen«, sagte Mr. Crepsley. »Aber jetzt solltest du, Debbie, sofort in eines dieser *Inferno-Net*-Cafés gehen und die Adressen besorgen. Danach legst du dich am besten

schlafen. Bei Einbruch der Dunkelheit müssen wir bereit sein.«

Mr. Crepsley und Debbie überwachten das Haus von Derek Barry, dem Jungen, der in Englisch vor mir saß. Vancha und Steve übernahmen Gretchen Kelton (Grete die Kröte, wie Smickey Martin sie nannte), die hinter mir saß. Harkat und ich bezogen vor dem Haus der Familie Montrose Stellung.

Der Freitagabend war kalt und nass. Richard wohnte mit seinen Eltern sowie mehreren Brüdern und Schwestern in einem großen Gebäude. Es gab eine Menge Oberlichter, durch die sich die Vampyre Zugang verschaffen konnten. Wir vermochten sie nicht alle im Auge zu behalten, aber Vampyre töten Menschen so gut wie nie in deren Häusern; auf diese Weise war auch der Mythos entstanden, Vampire könnten nur dann eine Schwelle übertreten, wenn sie dazu aufgefordert würden. Nur Debbies Nachbarn waren in ihren Wohnungen umgebracht, alle anderen Opfer dagegen im Freien überfallen worden.

In dieser Nacht geschah überhaupt nichts. Richard blieb die ganze Zeit im Haus. Ab und zu sah ich ihn und seine Familie kurz durch die Vorhänge. Ich beneidete sie um ihr einfaches Leben. Von der Familie Montrose musste niemand ein Haus überwachen, weil er befürchtete, nächtliche Ungeheuer mit schwarzen Seelen könnten angreifen.

Als die ganze Familie im Bett und auch das letzte Licht erloschen war, kletterten Harkat und ich auf das Dach des Gebäudes, wo wir die restliche Nacht versteckt Wache hielten. Als die Sonne aufging, zogen wir ab und stießen wieder zu den anderen. Bei ihnen war ebenfalls alles ruhig geblieben. Niemand hatte auch nur einen einzigen Vampyr zu Gesicht bekommen.

»Die Armee ist wieder da«, gab Vancha zu bedenken. Seine Worte bezogen sich auf die Soldaten, die nach dem Mord an Tara Williams erneut durch die Straßen patrouillierten. »Wir müssen aufpassen, dass wir ihnen nicht in die Arme laufen, sonst halten sie *uns* für die Mörder und eröffnen das Feuer.«

Debbie legte sich sofort schlafen, wir anderen diskutierten über unsere Pläne für die folgende Woche. Obwohl Mr. Crepsley, Vancha und ich übereingekommen waren, am Montag aufzubrechen, falls wir die Vampyre bis dahin nicht aufgespürt hatten, fand ich, dass wir uns die Sache noch einmal überlegen sollten. Schließlich hatte sich mit dem Mord an Tara und der drohenden Gefahr für Richard einiges geändert.

Die Vampire wollten nichts davon hören. »Ein Schwur ist ein Schwur«, sagte Vancha starrköpfig. »Wir haben uns einen Termin gesetzt, und den müssen wir auch einhalten. Wenn wir unsere Abreise einmal verschieben, dann verschieben wir sie immer wieder.«

»Vancha hat Recht«, pflichtete ihm Mr. Crepsley bei. »Wir brechen am Montag auf, ob wir unsere Gegner gestellt haben oder nicht. Es ist unerfreulich, aber unser Auftrag hat Vorrang. Wir müssen das tun, was für unsere Sippe am Besten ist.«

Ich musste ihnen zustimmen. Unentschlossenheit ist der sicherste Weg zum Untergang, wie Paris Skyle immer zu sagen pflegte. Jetzt war nicht der richtige Zeitpunkt, einen Streit zwischen mir und meinen engsten Verbündeten zu riskieren.

Es stellte sich jedoch heraus, dass ich mir keine Sorgen hätte machen müssen, denn in dieser Samstagnacht, als dicke Wolken sich vor den fast runden Vollmond schoben, schlugen die Vampyre endlich zu – und damit brach die Hölle über uns herein!

KAPITEL 18

Harkat sah ihn zuerst. Es war Viertel nach acht. Richard und einer seiner Brüder hatten das Haus verlassen, um in der Nähe einzukaufen, und kamen gerade mit prall gefüllten Tüten zurück. Wir hatten sie auf Schritt und Tritt beschattet. Richard lachte über einen Witz, den sein Bruder gerissen hatte, als Harkat mir eine Hand auf die Schulter legte und nach oben zeigte. Im nächsten Augenblick hatte auch ich die Gestalt erspäht, die parallel zu den Jungen auf dem Bürgersteig über das Dach eines großen Kaufhauses glitt.

»Ist das Hakenmann?«, fragte Harkat.

»Keine Ahnung«, sagte ich und kniff angestrengt die Augen zusammen. »Er ist nicht nahe genug am Rand. Ich kann ihn nicht genau erkennen.«

Die Brüder näherten sich einer Gasse, durch die sie hindurch mussten, um nach Hause zu gelangen. Ein Ort wie geschaffen für einen Vampyrüberfall, also folgten Harkat und ich den beiden Jungen eilig. Nur noch wenige Meter trennten uns von ihnen, als sie von der Hauptstraße in die kleine Seitenstraße einbogen. Wir blieben an der Ecke stehen. Harkat nahm das Pfeilgewehr von der Schulter und lud es. Er hatte den Abzugsbügel entfernt, damit er mit seinen dicken Fingern besser zurechtkam. Ich zog ein paar Wurfmesser (eine freundliche Leihgabe von Vancha) aus dem Gürtel und machte mich bereit, Harkat Rückendeckung zu geben, falls er sein Ziel verfehlte.

Richard und sein Bruder befanden sich ungefähr in der Mitte der Gasse, als der Vampyr in Sichtweite kam. Zuerst bemerkte ich die beiden Haken, den goldenen und den silbernen – es war tatsächlich Hakenmann! –, dann erblickte ich seinen Kopf, der wie bei dem Überfall auf mich unter einer Sturmhaube verborgen war. Hätte er sich umgedreht, hätte er uns sehen können, aber er hatte nur Augen für die Menschen.

Hakenmann schob sich bis an die Dachkante vor und schlich wie eine Katze neben den Brüdern entlang. Er gab ein perfektes Ziel ab, und ich war schon versucht, Harkat anzuweisen, einen tödlichen Schuss abzufeuern, doch im Meer der Vampyre gab es noch ganz andere Fische, die wir nur fangen konnten, wenn wir diesen hier als Köder benutzten.

»Ziel auf das linke Bein«, flüsterte ich. »Unter dem Knie. Das dürfte ihn ausbremsen.«

Harkat nickte, ohne den Blick von dem Vampyr zu lösen. Hakenmann machte sich zum Sprung bereit. Ich wollte den Kleinen Kerl schon fragen, worauf er warte, doch das hätte ihn nur abgelenkt. Und dann, als Hakenmann sich duckte und zum Sprung ansetzte, drückte Harkat ab und sandte seinen Pfeil durch die Dunkelheit. Er traf unseren Feind genau an der richtigen Stelle. Der Vampyr heulte vor Schmerz auf und plumpste vom Dach. Richard und sein Bruder ließen vor Schreck ihre Tüten fallen. Sie starrten die Gestalt an, die sich auf dem Boden wand, und wussten nicht, ob sie wegrennen oder dem Fremden zu Hilfe eilen sollten.

»Haut ab!«, brüllte ich, trat in die Gasse und hielt mir die Hände vors Gesicht, damit mich Richard nicht erkannte. »Lauft, wenn euch euer Leben lieb ist!« Das erleichterte ihnen die Entscheidung. Sie ließen ihre Tüten im Stich und nahmen die Beine in die Hand. Für Menschen konnten sie ganz schön schnell rennen.

Inzwischen war Hakenmann wieder aufgestanden. »Mein Bein!«, brüllte er und zerrte an dem Pfeil. Doch Steve war ein geschickter Bastler: Der Pfeil ließ sich nicht so einfach entfernen. Hakenmann zog fester und hielt plötzlich den Schaft in der Hand, wogegen die Spitze tief in den Muskeln seines Unterschenkels stecken blieb. »Auuuuu!«, schrie er und schleuderte den nutzlosen Schaft nach uns.

»Auf ihn!«, befahl ich Harkat absichtlich lauter als nötig. »Wir kreisen ihn ein und machen ihn alle!«

Als er das hörte, erstarrte Hakenmann, und sein Gewimmer erstarb. Er begriff, dass er sich in Gefahr befand, und versuchte, wieder an der Hauswand hochzuspringen, was ihm aber wegen des verletzten Beins misslang. Fluchend zog er ein Messer aus dem Gürtel und schleuderte es in unsere Richtung. Wir mussten uns ducken, um ihm auszuweichen, was Hakenmann genug Zeit verschaffte, sich umzudrehen und zu fliehen. Genau wie wir es geplant hatten! Wir nahmen die Verfolgung des Vampyrs auf, und Harkat informierte die anderen per Handy. Es war seine Aufgabe, sie auf dem Laufenden zu halten, damit ich mich auf Hakenmann konzentrieren und dafür sorgen konnte, dass wir ihn nicht aus den Augen verloren.

Als wir das Ende der Gasse erreicht hatten, war er verschwunden, und eine Schrecksekunde lang dachte ich, er wäre uns entwischt. Doch dann entdeckte ich die Blutstropfen auf dem Gehweg, denen wir in eine andere Seitenstraße folgten, wo wir ihn eine niedrige Mauer erklimmen sahen. Ich wartete, bis er oben und von dort aus auf das Dach eines benachbarten Hauses gestiegen war, bevor ich hinterherkletterte. Dort oben, wo er von den Straßenlaternen angeleuchtet wurde, war mir die Verfolgungsjagd ohnehin lieber als unten, wo Polizisten und Soldaten Streife gingen.

Hakenmann erwartete mich auf dem Dach. Er hatte mehrere Ziegel losgerissen und warf sie nach mir, wobei er wie ein tollwütiger Hund heulte. Ich wich einem Ziegel aus, brauchte aber beide Hände, um den zweiten abzuwehren. Er schrammte mir die

Knöchel auf, richtete jedoch weiter keinen Schaden an. Nun kam der Vampyr mit den Hakenhänden knurrend auf mich zu. Zu meiner Überraschung glühte eines seiner Augen nicht mehr rot, sondern sah ganz normal blau oder grün aus. Allerdings hatte ich keine Zeit, darüber nachzudenken. Ich zog meine Messer heraus und machte mich auf einen Angriff des Killers gefasst. Ich wollte ihn nicht töten, bevor er uns zu seinen Gefährten geführt hatte, aber vielleicht blieb mir keine andere Wahl. Doch bevor er mich auf die Probe stellen konnte, tauchten Vancha und Steve auf. Steve schoss einen Pfeil auf den Vampyr ab, verfehlte ihn absichtlich, und Vancha sprang mit einem Satz auf das Dach. Hakenmann heulte abermals auf, schleuderte noch ein paar Ziegel in unsere Richtung, dann kletterte er über den Dachfirst und auf der anderen Seite wieder hinunter.

»Alles in Ordnung?«, fragte Vancha neben mir.

»Ja. Wir haben ihn am Bein erwischt. Er blutet.«

»Hab ich gesehen.«

Nicht weit von uns entfernt war eine kleine Blutlache. Ich tauchte einen Finger hinein und schnupperte daran. Es roch nach Vampyrblut, dennoch wollte ich, dass auch Vancha es überprüfte. »Eindeutig Vampyr. Warum zweifelst du daran?« Ich erzählte ihm von Hakenmanns Augen. »Eigenartig«, grunzte Vancha, sagte aber nicht mehr dazu. Er half mir auf die Beine, dann kroch er auf den Dachfirst und vergewisserte sich, dass Hakenmann nicht dahinter lauerte, bevor er mich heraufwinkte. Die Jagd war eröffnet!

Während Vancha und ich den Vampyr über die Dächer verfolgten, hielten Harkat und Steve auf dem Boden mit uns Schritt und fielen nur zurück, wenn sie Straßensperren oder Polizeipatrouillen ausweichen mussten. Etwa nach fünf Minuten stießen auch Mr. Crepsley und Debbie zu uns. Debbie blieb bei den beiden unten, der Vampir kam zu uns herauf.
Wir hätten Hakenmann jederzeit einholen können. Sein verletztes Bein und der Blutverlust beeinträchtigten ihn sehr. Dennoch ließen wir ihm immer einen kleinen Vorsprung. Hier oben konnte er uns auf keinen Fall entkommen. Hätten wir ihn töten wollen, wäre es ein Leichtes gewesen, ihn zu schnappen. Aber wir wollten ihn nicht töten – noch nicht!
»Er darf keinen Verdacht schöpfen«, sagte Vancha nach einigen Minuten des Schweigens. »Wenn wir zu weit zurückbleiben, kommt er uns vielleicht auf die Schliche. Es wird Zeit, ihn auf den Boden zu treiben.« Vancha ging ein Stück voraus, bis er genug Abstand für seine Shuriken hatte. Dann zog er einen Wurfstern aus einem seiner Brustgurte, zielte sorgfältig und ließ ihn nur wenige Zentimeter über Hakenmanns Kopf von einem Schornstein abprallen.
Der Vampyr wirbelte herum, rief uns etwas Unverständliches zu und schüttelte drohend seinen goldenen Haken. Vancha brachte ihn mit einem zweiten

Shuriken, der sein Ziel noch knapper verfehlte als der erste, zum Schweigen. Hakenmann ließ sich auf den Bauch fallen und bis zur Dachkante hinunterrutschen, wo er seinen Fall mit seinen Haken an der Dachrinne abbremste. Einen Augenblick hing er frei in der Luft, sicherte das Terrain unter sich, riss die Haken aus der Rinne und ließ sich fallen. Es war ein vierstöckiges Gebäude, alles in allem keine Höhe für einen Vampyr.

»Weiter geht's«, murmelte Mr. Crepsley und steuerte auch schon auf eine Feuerleiter zu. »Ruf die anderen an und warne sie! Wir wollen doch nicht, dass sie ihm auf der Straße in die Arme laufen!«

Ich telefonierte auf den Stufen der Feuerleiter. Die anderen waren anderthalb Querstraßen hinter uns. Ich wies sie an, bis auf weiteres dort zu bleiben. Mr. Crepsley und ich folgten dem Vampyr zu ebener Erde, Vancha behielt ihn von den Dächern aus im Auge und hinderte ihn daran, an einer anderen Stelle wieder heraufzuklettern. Auf diese Weise blieb ihm nur noch die Wahl zwischen den Straßen und der Kanalisation.

Nach drei Minuten hektischer Verfolgungsjagd entschied er sich für die Kanalisation.

Wir entdeckten einen offenen Kanaldeckel und eine Blutspur, die vom Einstieg in die Dunkelheit führte.

»Jetzt haben wir ihn«, seufzte ich nervös, als wir dort stehen blieben, um auf Vancha zu warten. Ich drückte auf die Wahlwiederholungstaste und rief

die anderen herbei. Sobald sie eingetroffen waren, bildeten wir die üblichen Teams und stiegen in das Tunnelsystem hinab. Jeder von uns wusste auch ohne Worte, was er zu tun hatte.
Vancha und Steve führten die Verfolgung an. Der Rest kam hinterher und sicherte die Seitentunnel, damit Hakenmann nicht wieder zurückkonnte. Hier unten war es nicht leicht, ihn zu verfolgen. Das Wasser in den Schächten hatte das meiste Blut weggewaschen, und in der Dunkelheit konnte man nicht besonders weit sehen. Aber wir hatten uns inzwischen an die finsteren, engen Röhren gewöhnt und kamen zügig voran, registrierten auch die kleinste Spur.
Hakenmann führte uns tiefer in die Kanalisation, als wir jemals vorgedrungen waren. Selbst der wahnsinnige Vampyr Murlough hatte den Bauch der Stadt nicht so weitläufig erkundet. Floh Hakenmann Hilfe suchend zu seinen Kumpanen, oder wollte er uns einfach nur abschütteln?
»Wir müssen schon fast an der Stadtgrenze sein«, bemerkte Harkat, als wir uns einen Moment ausruhten. »Entweder hören die Tunnel bald auf, oder …«
»Was?«, fragte ich, als er den Satz unbeendet ließ.
»Oder sie führen ins Freie«, antwortete er. »Vielleicht will er einfach nur … abhauen. Wenn er erst offenes Land erreicht und … freie Bahn hat, kann er huschen und sich damit in Sicherheit bringen.«
»Hindert ihn seine Wunde nicht daran?«, fragte ich.

»Vielleicht. Doch wenn er verzweifelt genug ist … vielleicht auch nicht.«

Wir nahmen die Jagd wieder auf und holten kurz darauf Vancha und Steve ein. Harkat teilte dem Fürsten seine Befürchtungen mit. Dieser erwiderte, daran habe er auch schon gedacht und sei deshalb bereits zu dem fliehenden Vampyr aufgerückt – falls Hakenmann tatsächlich ins Freie wollte, würde Vancha ihn abfangen und ihm den Garaus machen. Doch zu unserer Überraschung führte uns der Vampyr nicht nach oben, sondern immer weiter hinab. Ich hatte nicht gewusst, dass die Tunnel in solche Tiefe reichten und konnte mir auch nicht vorstellen, wozu sie dort dienen sollten – sie sahen sehr modern und absolut unbenutzt aus. Als Vancha plötzlich innehielt, wäre ich, völlig in Gedanken, fast gegen ihn geprallt.

»Was ist?«, fragte ich.

»Er ist stehen geblieben«, flüsterte Vancha. »Vor uns liegt ein Gewölbe oder eine Höhle, und er hat Halt gemacht.«

»Wartet er auf uns, um sich einem letzten Kampf zu stellen?«

»Gut möglich«, antwortete Vancha beunruhigt. »Er hat eine Menge Blut verloren, und die hastige Flucht muss ihn viel Kraft gekostet haben. Aber warum bleibt er ausgerechnet jetzt stehen? Warum gerade hier?« Er schüttelte den Kopf. »Das gefällt mir nicht.«

Als Mr. Crepsley und Debbie eintrafen, nahm Steve sein Pfeilgewehr vom Rücken und lud es im Schein seiner Taschenlampe.
»Vorsicht!«, zischte ich. »Er könnte das Licht sehen.«
Steve zuckte die Achseln. »Na und? Er weiß doch, dass wir hier sind. Wir können ebenso gut im Hellen weitermachen.«
Das klang vernünftig. Also knipsten wir alle unsere Taschenlampen an, drehten das Licht aber so weit herunter, dass möglichst wenig irritierende Schatten entstanden.
»Verfolgen wir ihn weiter«, fragte Steve, »oder warten wir hier, bis er angreift?«
»Wir gehen rein«, antwortete Mr. Crepsley nach kurzem Zögern.
»Genau«, sagte Vancha. »Los jetzt.«
Ich betrachtete Debbie. Sie zitterte und sah aus, als würde sie gleich zusammenbrechen.
»Du kannst hier draußen warten, wenn du willst«, bot ich ihr an.
»Nein«, antwortete sie. »Ich komme mit.« Sie hörte auf zu zittern. »Für Tara.«
»Steve und Debbie halten sich hinten«, befahl Vancha und lockerte seine Shuriken. »Larten und ich gehen voran. Darren und Harkat bilden die Mitte.« Wir nickten gehorsam. »Wenn er allein ist, übernehme ich ihn«, fuhr Vancha fort. »Ein ehrlicher Kampf, Mann gegen Mann. Falls er in Gesellschaft

ist ...«, er grinste humorlos, » ... kümmert sich jeder um sich selber.«

Er vergewisserte sich, dass wir alle bereit waren, und marschierte los. Mr. Crepsley ging rechts neben ihm, Harkat und ich folgten dicht dahinter, die Nachhut bildeten Steve und Debbie.

Wir fanden uns in einem großen, gewölbeartigen Raum wieder, der genauso neu wie dieser ganze Abschnitt der Kanalisation war. Etliche Kerzen warfen ein düster flackerndes Licht von den Wänden. Direkt gegenüber gab es einen zweiten Zugang, der mit einer schweren, runden Metalltür verschlossen war, die an einen begehbaren Safe in einer Bank erinnerte. Hakenmann hockte ein Stück davor auf dem Boden und war damit beschäftigt, sich die Pfeilspitze aus dem Bein zu pulen.

Wir schwärmten aus. Vancha stand vorn, wir anderen bildeten hinter ihm einen schützenden Halbkreis. »Das Spiel ist aus«, sagte Vancha und hielt in den dunklen Nischen Ausschau nach weiteren Vampyren.

»Meinst du?«, schnaubte Hakenmann verächtlich, blickte auf und musterte uns mit einem roten und einem blaugrünen Auge. »Ich glaube eher, es geht gerade erst los.« Der Vampyr schlug klirrend die Haken aneinander. Einmal. Zweimal. Dreimal.

Plötzlich ließ sich jemand von der Decke fallen.

Dieser Jemand landete direkt neben Hakenmann, stand auf und drehte sich zu uns um. Sein Gesicht war purpurfarben, die Augen waren blutrot – ein Vampyr. Noch einer fiel herab. Und noch einer. Immer mehr. Ihr Anblick ließ meinen Magen Purzelbäume schlagen. Auch menschliche Vampets waren darunter, mit braunen Hemden, schwarzen Hosen, glatt rasierten Schädeln, dem tätowierten »V« über jedem Ohr und rot umrandeten Augen. Alle waren mit Gewehren, Pistolen und Armbrüsten bewaffnet. Ich zählte neun Vampyre und vierzehn Vampets, Hakenmann nicht mitgerechnet. Wir waren in eine Falle getappt, und als ich mir die schwer bewaffneten, zum Äußersten entschlossenen Krieger anschaute, wusste ich, dass wir eine Riesenportion Vampirglück brauchten, um aus dieser Sache heil herauszukommen.

KAPITEL 19

So schlecht unsere Chancen auch standen, es sollte noch schlimmer kommen. Während wir noch wie erstarrt darauf warteten, dass die Vampyre zuschlugen, öffnete sich die riesige Tür hinter Hakenmann, und vier weitere Vampyre traten in das Gewölbe. Damit hieß es achtundzwanzig gegen sechs. Es war aussichtslos.

»Jetzt seid ihr nicht mehr so siegessicher, was?«, höhnte Hakenmann und humpelte schadenfroh ein paar Schritte auf uns zu.

»Das sehe ich anders«, gab Vancha verächtlich zurück. »Nun müssen wir eben noch mehr von euch erledigen.«

Hakenmanns Grinsen erlosch. »Bist du wirklich so arrogant oder einfach nur dumm?«, fauchte er.

»Weder noch«, antwortete Vancha, den Blick gelassen auf die Feinde gerichtet. »Ich bin ein Vampir.«

»Glaubst du wirklich, ihr habt auch nur die geringste Chance gegen uns?«, zischte Hakenmann.

»Allerdings«, erwiderte Vancha leise. »Es wäre etwas anderes, wenn wir es hier mit anständigen

Vampyren zu tun hätten. Aber ein Vampyr, der bewaffnete Menschen für sich kämpfen lässt, ist ein ehrloser Feigling. Von solchen erbärmlichen Kreaturen habe ich nichts zu befürchten.«

»Pass auf, was du sagst«, knurrte der Vampyr links neben Hakenmann. »Wir lassen uns nicht gern beleidigen.«

»*Wir* sind diejenigen, die beleidigt wurden«, gab Vancha zurück. »Es ist ehrenhaft, von der Hand eines würdigen Feindes zu sterben. Hättet ihr eure besten Krieger gegen uns ausgesandt und uns getötet, wären wir mit einem Lächeln auf den Lippen gestorben. Aber diese ... diese ...« Er spuckte in den Staub. »Kein Wort ist schändlich genug, um sie zu beschreiben.«

Die Vampets fuhren zornig auf, doch die Vampyre sahen betroffen, fast beschämt aus. Ich erkannte, dass sie von den Vampets nicht mehr hielten als wir. Auch Vancha war das nicht entgangen. Er lockerte die Gurte mit den Shuriken. »Legt die Pfeilgewehre weg«, befahl er Steve, Harkat und Debbie. Sie blickten ihn verdutzt an. »Macht schon!«, forderte er sie barsch auf, und sie befolgten seine Anweisung. Nun hielt der Vampirfürst seine bloßen Hände in die Höhe. »Wir verzichten auf unsere Wurf- und Schusswaffen. Befehlt ihr euren Schoßhündchen, das Gleiche zu tun, und stellt euch uns im ehrenhaften Kampf – oder seid ihr die Schweine, für die ich euch halte, und lasst uns kaltblütig niederschießen?«

»Knallt sie ab!«, schrie Hakenmann mit hassverzerrter Stimme. »Knallt sie alle ab!«

Die Vampets hoben die Waffen und legten an.

»Nein!«, brüllte der Vampyr neben Hakenmann, und die Vampets hielten inne. »Bei allen Schatten der Nacht ... Ich sage Nein!«

Hakenmann wirbelte herum. »Bist du übergeschnappt?«

»Sieh dich vor«, warnte ihn der Vampyr. »Wenn du mir hierbei in die Quere kommst, mach ich dich kalt.«

Verwirrt wich Hakenmann zurück. »Senkt die Waffen«, befahl der Vampyr den Vampets. »Wir kämpfen auf traditionelle Weise. In Ehren.«

Die Vampets befolgten seinen Befehl. Als sie die Waffen niederlegten, drehte sich Vancha kurz um und zwinkerte uns zu. Dann wandte er sich wieder den Vampyren zu. »Bevor wir anfangen«, sagte er, »wüsste ich gern, was für ein Wesen dieses Ding mit den Haken ist.«

»Ich bin ein Vampyr!«, antwortete Hakenmann ungehalten.

»Tatsächlich?« Vancha grinste anzüglich. »Mir ist noch nie einer mit verschiedenfarbigen Augen begegnet.«

Hakenmann verdrehte erschrocken die Augen. »Verdammt!«, rief er. »Sie muss mir vorhin rausgefallen sein.«

»Was ist rausgefallen?«, fragte Vancha.

»Eine Kontaktlinse«, antwortete ich ruhig. »Er trägt rote Kontaktlinsen.«

»Nein! Stimmt nicht!«, schrie Hakenmann. »Das ist eine Lüge! Sag's ihnen, Bargen. Meine Augen sind so rot wie deine, und meine Haut ist genauso dunkelrot!«

Der Vampyr neben Hakenmann scharrte verlegen mit den Füßen. »Er *ist* ein Vampyr«, sagte er, »doch er wurde erst vor kurzem angezapft. Er wollte so aussehen wie wir anderen, deshalb trägt er Kontaktlinsen und ...« Bargen hustete in die Faust. »Er malt sich das Gesicht und den Körper rot an.«

»Verräter!«, heulte Hakenmann.

Bargen warf ihm einen angewiderten Blick zu und spuckte auf den Boden, so wie es Vancha eben getan hatte.

»Wie weit ist es schon gekommen, wenn die Vampyre Verrückte wie den da anzapfen und Menschen rekrutieren, um sie für sich kämpfen zu lassen?«, fragte Vancha mit leiser Stimme, in der kein Spott mitschwang – es war eine echte Frage, die nach einer Antwort verlangte.

»Die Zeiten ändern sich«, gab Bargen zurück. »Die neuen Methoden gefallen uns zwar nicht, doch wir akzeptieren sie. Unser Lord hat gesagt, es muss sein.«

»Das also hat der große Lord der Vampyre seinem Volk gebracht«, knurrte Vancha. »Menschliche Schlägertrupps und verrückte Hakenmonster?«

»Ich bin nicht verrückt!«, rief Hakenmann. »Höchstens vor Wut!« Er zeigte auf mich und fauchte: »Das ist alles *seine* Schuld!«

Vancha drehte sich um und sah mich an. Alle anderen auch.

»Darren?«, fragte Mr. Crepsley ruhig.

»Ich weiß nicht, wovon er redet«, sagte ich.

»Lügner!« Hakenmann lachte und hopste schadenfroh herum. »Gelogen, gelogen, Hosen voll bis oben!«

»Kennst du diese Kreatur?«, erkundigte sich Mr. Crepsley.

»Nein!«, wiederholte ich. »Ich bin ihm zum ersten Mal in der Gasse begegnet, in der er mich überfallen hat. Vorher habe ich ihn noch nie ...«

»Gelogen!«, kreischte Hakenmann, hörte auf herumzuspringen und starrte mich mit funkelnden Augen an. »Du kannst dich noch so verstellen, Mann ... Du weißt genau, wer ich bin. Und du weißt, was du getan hast, um mich so zuzurichten.« Er hob die Arme in die Höhe, und die Haken blitzten im Schein der Kerzen.

»Ehrlich«, beteuerte ich, »ich habe keine Ahnung, wovon du sprichst.«

»Ach, nein?«, höhnte er. »Eine Maske kann man leicht anlügen. Mal sehen, ob du an deiner Lüge festhältst, wenn du ...«, er zog sich die Sturmhaube mit der linken Hakenhand ruckartig vom Kopf und entblößte sein Gesicht, » ... *das hier* siehst!«

Es war ein rundes, dickliches, bärtiges, mit purpurroter Farbe geschminktes Gesicht. Einen Moment lang wusste ich nichts damit anzufangen. Doch dann, als ich es mit den fehlenden Händen und der seltsam vertrauten Stimme, die mir schon zuvor aufgefallen war, in Verbindung brachte, erkannte ich ihn plötzlich. »*Reggie Veggie?*«, keuchte ich.

»Nenn mich nicht so!«, kreischte er. »Ich heiße *R. V.* – und das steht für Rechtschaffener Vampyr!«

Ich wusste nicht, ob ich lachen oder weinen sollte. Ich hatte R. V. kennen gelernt, kurz nachdem ich mich dem Cirque du Freak angeschlossen hatte. Damals hatte er sich als Umweltkämpfer für den Naturschutz eingesetzt. Wir waren Freunde gewesen, bis er herausfand, dass ich Tiere tötete, um damit die Kleinen Leute zu füttern. Daraufhin ließ er den Wolfsmann frei, weil er glaubte, wir Zirkusleute würden ihn misshandeln, doch das Untier biss ihm die Unterarme ab. Als ich ihn das letzte Mal sah, floh er in die Nacht und schrie dabei »Meine Hände! Meine Hände!«

Und jetzt war er hier. Bei den Vampyren. Allmählich dämmerte mir auch, warum gerade ich in eine Falle gelockt worden war und wer dahinter steckte.

»*Du* hast die gefälschten Unterlagen an die Schule geschickt!«, beschuldigte ich ihn.

Er grinste hinterhältig und schüttelte den Kopf. »Mit diesen Händen?« Er wedelte mit den Haken in meine Richtung. »Damit kann ich zwar prima schneiden und schlitzen und ausweiden, aber bestimmt nicht schreiben. Ich habe meinen Teil dazu beigetragen, dich hier herunterzulocken, aber derjenige, der den Plan ausgeheckt hat, war noch viel gerissener als ich.«

»Ich verstehe kein Wort«, mischte sich Vancha ein. »Wer ist dieser Irre?«

»Das ist eine lange Geschichte«, sagte ich. »Ich erzähle sie dir später mal.«

»Optimistisch bis zum Schluss«, lachte Vancha leise.

Ungeachtet der Vampyre und Vampets ging ich auf R. V. zu, bis er nur noch ungefähr einen Meter entfernt stand, und sah ihm schweigend ins Gesicht. Er zuckte nervös, wich aber nicht zurück. »Was ist mit dir passiert?«, fragte ich entsetzt. »Du hast damals das Leben geachtet. Du warst friedliebend und freundlich. Du warst Vegetarier!«

»Das ist vorbei«, kicherte R. V. »Jetzt esse ich jede Menge Fleisch, am liebsten möglichst *blutig!«* Sein Lächeln erstarb. »Und das alles nur wegen dir und deiner Bande von Freaks. Du hast mein Leben ruiniert, Mann. Ich bin allein durch die Welt gezogen, verängstigt und schutzlos, bis mich die Vampyre bei sich aufgenommen haben. Sie haben mir wieder Kraft gegeben. Sie haben mir neue Hände verschafft. Im Gegenzug habe ich mitgeholfen, ihnen *dich* zu verschaffen.«

Ich schüttelte traurig den Kopf. »Du täuschst dich.

Sie haben dich nicht stark gemacht. Sie haben dich in ein Scheusal verwandelt.«
Sein Gesicht verfinsterte sich. »Das nimmst du zurück! Das nimmst du sofort zurück, oder ich ...«
»Ich störe nur ungern«, unterbrach Vancha gelassen, »aber ich hätte noch eine Frage. Eine allerletzte.«
R. V. starrte ihn schweigend an. »Wenn *du* uns nicht in die Falle gelockt hast ... wer dann?« R. V. sagte nichts. Auch keiner der anderen Vampyre antwortete. »Na los!«, rief Vancha. »Keine falsche Bescheidenheit! Wer war der Schlaukopf?«
Die Stille dehnte sich aus. Bis jemand hinter uns mit gelassener, boshafter Stimme sagte: »Ich.«
Ich fuhr herum, um zu sehen, wer da gesprochen hatte. Ebenso Vancha, Harkat und Mr. Crepsley. Nur Debbie nicht. Sie stand ganz still, weil ihr jemand eine Messerklinge gegen die weiche Kehle drückte. Auch Steve Leopard fuhr nicht herum, denn er stand direkt neben ihr – *und hielt das Messer in der Hand!*
Wir starrten die beiden sprachlos an. Ich blinzelte zweimal, ganz bedächtig, weil ich dachte, danach sei die Welt vielleicht wieder in Ordnung. Weit gefehlt. Steve verharrte immer noch reglos und hielt grinsend das Messer an Debbies Hals.
»Zieh die Handschuhe aus«, forderte ihn Mr. Crepsley mit gepresster Stimme auf. »Zieh sie aus und zeig uns deine Hände.«
Steve lächelte wissend, brachte den Mund an seine

linke Hand – die um Debbies Kehle lag –, packte den Handschuh mit den Zähnen und zog ihn ab. Zuerst fiel mein Blick auf das Kreuz in seiner Handfläche, das Kreuz, das er in jener Nacht dort hineingeschnitten hatte, als er geschworen hatte, mich zu verfolgen und zu töten. Dann wanderte mein Blick vom Handteller zu seinen Fingerspitzen, und jetzt begriff ich, weshalb ihn Mr. Crepsley aufgefordert hatte, den Handschuh auszuziehen.

An seinen Fingerkuppen befanden sich fünf kleine Narben – das Zeichen dafür, dass er ein Geschöpf der Nacht war. Doch Steve war nicht von einem Vampir angezapft worden. Das hatte einer von der Gegenseite besorgt. *Er war ein Halbvampyr!*

KAPITEL 20

Nach dem ersten Schock spürte ich kalten, finsteren Hass in mir aufsteigen. Ich vergaß die Vampyre und die Vampets und konzentrierte mich ganz auf Steve. Meinen besten Freund. Den Jungen, dem ich das Leben gerettet hatte. Den Mann, den ich mit offenen Armen wieder aufgenommen hatte. Ich hatte mich für ihn verbürgt. Ihm vertraut. Ihn in unsere Pläne eingeweiht.

Und er hatte uns die ganze Zeit über hintergangen. Hätte er nicht Debbie als Schutzschild benutzt, ich hätte ihn auf der Stelle in Stücke gerissen. Doch so flink ich auch war, ich hätte ihn nicht rechtzeitig daran hindern können, ihr das Messer durch die Kehle zu ziehen. Wenn ich ihn angriff, musste Debbie sterben.

»Ich wusste, dass wir ihm nicht trauen können«, sagte Mr. Crepsley, der kaum weniger zornig aussah als ich. »Blut bleibt Blut. Ich hätte ihn schon damals töten sollen.«

»Seien Sie doch kein so schlechter Verlierer«, lachte Steve und zog Debbie noch enger an sich.

»Es war alles nur ein Trick, was?«, bemerkte Vancha.

»Hakenmanns Überfall und dein rettendes Eingreifen waren also inszeniert.«
»Selbstverständlich«, grinste Steve überheblich. »Ich wusste die ganze Zeit über, wo die Vampyre waren. Ich habe sie hergeholt und R. V. losgeschickt, damit er Panik unter der Stadtbevölkerung auslöst, denn ich wusste, dass ich damit garantiert Grusel-Crepsley herlocken würde.«
»Woher hast du das gewusst?«, fragte Mr. Crepsley erstaunt.
»Recherche«, antwortete Steve. »Ich habe alles über Sie in Erfahrung gebracht, was nur ging. Ich habe Sie zu meiner Lebensaufgabe gemacht. Es war nicht leicht, aber schließlich bin ich Ihnen doch auf die Schliche gekommen. Ich habe Ihre Geburtsurkunde aufgetrieben, Sie mit dieser Stadt in Verbindung gebracht und mich im Laufe meiner Reisen mit meinen guten Freunden, den Vampyren, zusammengetan. Die Vampyre haben mich nicht abgewiesen, so wie Sie damals. Durch sie habe ich erfahren, dass einer ihrer Blutsbrüder, der arme, verwirrte Murlough, vor einigen Jahren hier verschwunden ist. Nach allem, was ich inzwischen über Sie und Ihr Treiben wusste, war es nicht schwer, zwei und zwei zusammenzuzählen. Was ist eigentlich damals mit Murlough passiert?«, fragte Steve. »Haben Sie ihn getötet oder einfach nur verscheucht?«
Mr. Crepsley blieb ihm die Antwort schuldig. Ich ebenfalls.

»Ist ja auch unwichtig«, winkte Steve ab. »Spielt keine Rolle. Aber ich dachte mir, wenn Sie schon einmal zurückgekommen sind, um den Leuten hier zu helfen, dann tun Sie es auch wieder.«

»Wirklich schlau«, stieß Mr. Crepsley wütend hervor. Seine Arme hingen locker herab, doch seine Finger zuckten wie Spinnenbeine, und ich wusste, dass es ihn juckte, sie um Steves Kehle zu krallen.

»Ich kapiere nur nicht«, warf Vancha ein, »was die hier zu suchen haben?« Er deutete mit dem Kinn auf Bargen und die anderen Vampyre und Vampets. »Die sind doch bestimmt nicht gekommen, um dir bei deinem wahnwitzigen Rachefeldzug zu helfen.«

»Natürlich nicht«, sagte Steve. »Ich bin nur ein bescheidener Halbvampyr, der Höherstehenden nichts vorzuschreiben hat. Ich habe ihnen von Murlough erzählt, was sie durchaus interessiert hat, aber sie sind aus anderen Gründen hier. Auf Geheiß eines anderen.«

»Auf wessen Geheiß?«

»Das verrate ich nicht. Schließlich sind wir nicht zum Plaudern hergekommen, sondern um zu töten!«

In die Vampyre und Vampets hinter uns kam Bewegung. Vancha, Mr. Crepsley und Harkat drehten sich wieder nach vorn, um sich ihnen zu stellen. Ich nicht. Ich konnte den Blick nicht von Steve und Debbie abwenden. Debbie weinte, hielt sich aber

tapfer aufrecht und schaute flehend in meine Richtung.
»*Warum?*«, krächzte ich.
»Warum was?«, erwiderte Steve.
»Warum hasst du uns? Wir haben dir nichts getan.«
»*Er* hat gesagt, ich sei böse!«, heulte Steve und nickte zu Mr. Crepsley hinüber, der sich nicht umdrehte, um zu protestieren. »Und *du* hast lieber zu ihm als zu mir gehalten. Du hast diese Spinne auf mich gehetzt und wolltest mich umbringen!«
»Nein! Ich habe dich gerettet. Ich habe alles aufgegeben, damit du weiterleben konntest!«
»Quatsch!«, schnaubte er. »Ich weiß, was wirklich passiert ist. Du hast dich mit ihm gegen mich verbündet, damit du meinen Platz bei den Vampiren einnehmen konntest. Du warst eifersüchtig auf mich!«
»Nein, Steve«, stöhnte ich. »Das ist doch verrückt. Du weißt nicht, was …«
»Spar dir deine Worte!«, unterbrach er mich. »Es interessiert mich nicht. Abgesehen davon … hier kommt unser Ehrengast. Ein Mann, den ihr alle zweifellos *ums Verrecken gern* kennen lernen möchtet.«
Ich wollte Steve nicht aus den Augen lassen, doch ich musste sehen, von wem er sprach. Ein Blick über die Schulter zeigte mir zwei undeutliche Silhouetten hinter den dicht gedrängten Vampyren und Vampets. Vancha, Mr. Crepsley und Harkat ignorierten

Steves Sticheleien und die beiden Gestalten im Hintergrund. Sie widmeten sich den Gegnern direkt vor ihnen und wehrten deren erste abtastende Hiebe ab. Dann bewegten sich zwei der Vampyre einen Schritt auseinander und gaben die Sicht auf die beiden Gestalten hinter ihnen frei.

»Vancha!«, rief ich.

»Was?«, knurrte er.

»Dort hinten … da ist …« Ich fuhr mir nervös mit der Zunge über die Lippen. Der größere der beiden hatte mich erblickt und sah mich mit unbewegtem und zugleich neugierigem Ausdruck an. Der andere war in dunkelgrüne Gewänder gekleidet, das Gesicht von einer Kapuze verdeckt.

»Wer?«, rief Vancha und schlug mit der bloßen Hand die Klinge eines Vampets zur Seite.

»… dein Bruder, Gannen Harst«, sagte ich leise, und Vancha hörte auf zu kämpfen. Ebenso Mr. Crepsley und Harkat. Und, nicht minder verwirrt, die Vampyre.

Vancha richtete sich zu seiner vollen Größe auf und spähte über die Köpfe derjenigen hinweg, die direkt vor ihm standen. Gannen Harsts Blick löste sich von mir und fand den von Vancha. Die Brüder starrten einander an. Dann wanderte Vanchas Blick zu der verhüllten Gestalt – dem Lord der Vampyre.

»*Er! Hier!*«, keuchte Vancha.

»Demnach seid ihr euch schon einmal begegnet«, kommentierte Steve hämisch.

Vancha ignorierte den Halbvampyr. »Hier!«, keuchte er noch einmal, die Augen auf den Anführer der Vampyre fixiert, den Mann, den zu töten wir gelobt hatten. Dann tat er das, was die Vampyre am wenigsten erwarteten: Angetrieben von einem gewaltigen Adrenalinschub stürzte er los und *griff an!*
Es war heller Wahnsinn. Ein unbewaffneter Vampir gegen achtundzwanzig bewaffnete und kampferprobte Gegner, doch der Wahnsinn wirkte sich zu seinen Gunsten aus. Bevor Vampyre und Vampets Gelegenheit hatten zu reagieren, war Vancha bereits an neun oder zehn von ihnen vorbeigerast, hatte sie zu Boden geschleudert oder gegen ihre Mitstreiter gestoßen, und bevor sie wussten, wie ihnen geschah, hatte er Gannen Harst und den Lord der Vampyre beinahe erreicht.
Rascher als jeder andere nutzte Mr. Crepsley die allgemeine Verwirrung und schoss hinter Vancha her. Er teilte die Reihen der Feinde, wobei er die Messer in den ausgestreckten Händen hielt wie die Krallen an den Flügelenden einer Fledermaus, und drei oder vier von ihnen sanken mit aufgeschlitzten Kehlen oder Oberkörpern zu Boden.
Erst als Harkat den Vampiren nachsetzte und seine Axt in den Schädel eines Vampets grub, schlossen sich die hintersten Reihen der Vampyre und versperrten Vancha den Weg zu ihrem Lord. Der Fürst drosch mit den Händen wie mit Klingen auf sie ein, aber sie hatten ihre Fassung wiedergefunden, und

obwohl er einen von ihnen erledigte, bedrängten ihn die anderen und schafften es, ihn aufzuhalten.
Ich hätte mich meinen Gefährten anschließen sollen – den Lord der Vampyre zu vernichten war wichtiger als alles andere –, doch in mir schrie es nur einen einzigen Namen, einen Namen, auf den ich instinktiv reagierte: »*Debbie!*«
Ich wandte mich von der Schlacht ab, hoffte inbrünstig, dass Steve von dem plötzlichen Durcheinander abgelenkt war, und schleuderte ein Messer nach ihm. Es sollte ihn gar nicht treffen – ich durfte nicht riskieren, versehentlich Debbie zu erwischen –, sondern ihn nur dazu veranlassen, sich zu ducken.
Es funktionierte. Von der Schnelligkeit meiner Bewegung überrascht, zog Steve den Kopf hinter Debbies zurück. Sein linker Arm, der um ihre Kehle geschlungen war, lockerte sich, und seine rechte Hand, die mit dem Messer, rutschte ein winziges Stück herunter. Als ich losstürmte, wusste ich, dass dieser kleine Vorteil nicht ausreichte; Steve blieb immer noch genug Zeit, sich von seinem Schreck zu erholen und sein Opfer zu töten, bevor ich bei ihm war. Doch dann rammte Debbie wie eine ausgebildete Kriegerin Steve den linken Ellbogen in die Rippen, befreite sich aus seinem Griff und warf sich auf den Boden.
Bevor sich Steve auf sie stürzen konnte, war ich über ihm, packte ihn um die Hüfte und schmetterte ihn

mit dem Rücken gegen die Wand. Bei dem schmerzhaften Aufprall schrie er laut auf. Ich machte einen Schritt zurück und versetzt ihm einen Fausthieb ins Gesicht. Die Wucht des Schlages warf ihn um. Sie hätte auch mir fast ein paar Knöchelchen in der Hand gebrochen, doch das war mir egal. Ich warf mich auf ihn, packte ihn bei den Ohren, riss seinen Kopf hoch und knallte ihn auf den harten Zementboden. Er grunzte und das Leuchten in seinen Augen erlosch. Er war benommen und wehrlos, mir auf Gedeih und Verderb ausgeliefert.

Ich tastete nach dem Knauf meines Schwertes. Dann sah ich Steves eigenes Messer gleich neben seinem Kopf liegen und fand es passender, ihm damit den Todesstoß zu versetzen. Ich hob es auf, setzte es über seinem schwarzen, hinterhältigen Herzen an und bohrte es probeweise durch den Stoff seines Hemdes, um mich zu vergewissern, dass er keinen Brustpanzer oder eine andere Schutzvorrichtung trug. Dann holte ich weit aus und ließ das Messer langsam sinken, fest entschlossen, es ihm tief ins Herz zu stoßen und dem Leben des Mannes, den ich einst für meinen besten Freund gehalten hatte, ein Ende zu setzen.

KAPITEL 21

»Halt!«, kreischte R. V., als meine Klinge herabfuhr, und etwas in seiner Stimme ließ mich innehalten. Ich drehte mich um. Was ich erblickte, ließ mich erstarren: Er hatte Debbie in seiner Gewalt! Er hielt sie auf die gleiche Weise fest wie zuvor Steve und drückte ihr die Haken seiner goldenen Hand an die Kehle. Einige Spitzen hatten die Haut leicht angeritzt und aus den Wunden rannen dünne Blutfäden über die goldenen Klingen. »Lass das Messer fallen, oder ich steche sie ab wie ein Schwein!«, zischte R. V.

Wenn ich jetzt das Messer fallen ließ, starb Debbie sowieso zusammen mit uns anderen. Mir blieb nur eine Möglichkeit: Ich musste versuchen, dem Kerl etwas Gleichwertiges entgegenzusetzen. Also packte ich Steve bei den langen grauen Haaren und setzte ihm ebenfalls das Messer an die Kehle. »Wenn sie stirbt, stirbt er auch«, knurrte ich und sah Zweifel in den Augen des Vampyrs aufsteigen.

»Schenk dir deine Spielchen«, warnte mich R. V. »Lass ihn los, oder ich bringe sie um.«

»Wenn sie stirbt, stirbt er auch«, wiederholte ich.

R. V. fluchte. Dann warf er einen Hilfe suchenden Blick über die Schulter. Die Schlacht schien zu Gunsten der Vampyre auszugehen. Diejenigen, die in den ersten Sekunden des Gefechts gestrauchelt waren, standen wieder auf den Beinen und umringten Vancha, Mr. Crepsley und Harkat, die Rücken an Rücken kämpften und sich gegenseitig Deckung gaben, sich auf diese Weise aber weder zurückziehen noch irgendwo ausbrechen konnten. Am Rand des Getümmels standen Gannen Harst und der Lord der Vampyre und schauten zu.

»Vergiss deine Kameraden«, sagte ich. »Das hier ist eine Sache zwischen uns beiden. Die anderen haben nichts damit zu tun.« Mir gelang ein mattes Lächeln. »Oder hast du etwa Angst, es allein mit mir aufzunehmen?«

R. V. schnaubte verächtlich. »Ich habe vor nichts Angst, Mann. Außer ...« Er unterbrach sich.

Ich wusste sofort, was er beinahe ausgesprochen hätte, legte den Kopf in den Nacken und heulte wie ein Wolf.

Bei diesem Geräusch riss R. V. angsterfüllt die Augen auf, fing sich jedoch gleich wieder. »Mit dem Gejaule rettest du deine Freundin auch nicht mehr«, spottete er.

Ich hatte ein merkwürdiges Déjà-vu. So hatte auch Murlough von Debbie gesprochen, und einen Augenblick lang war es, als sei der Geist des toten Vampyrs in R. V. gefahren. Dann schüttelte ich den

makabren Gedanken ab und riss mich wieder zusammen.
»Das ist doch Zeitverschwendung«, sagte ich. »Du lässt Debbie los, ich lasse Steve los, und dann tragen wir die Sache Mann gegen Mann aus. Der Sieger kriegt alles.«
R. V. grinste und schüttelte den Kopf. »Von wegen. Ich brauche nicht den Kopf zu riskieren. Ich habe alle Trümpfe in der Hand.«
Er schubste Debbie vor sich her und bewegte sich in Richtung der Tür auf der gegenüberliegenden Seite des Raumes, vorbei an den kämpfenden Vampyren.
»Was hast du vor?«, rief ich und wollte ihm den Weg abschneiden.
»Bleib wo du bist!«, brüllte er und grub seine Haken tiefer in Debbies Hals. Sie stöhnte vor Schmerz auf.
Verunsichert blieb ich stehen. »Lass sie sofort los«, wiederholte ich leise und verzweifelt.
»Nein«, erwiderte er. »Ich nehme sie mit. Wenn du versuchst, mich aufzuhalten, bringe ich sie um.«
»Dann ist Steve auch dran.«
Er lachte. »Mir ist Steve nicht so wichtig wie dir die süße kleine Debbie. Wenn du deine Freundin opfern willst, opfere ich meinen Freund auch. Was hältst du davon, Shan?«
Ich blickte in Debbies aufgerissene, von Entsetzen erfüllte Augen und wich einen Schritt zurück, mach-

te R. V. Platz. »Kluge Entscheidung«, grunzte er und drängte sich vorbei, ohne mir den Rücken zuzuwenden.

»Wenn du ihr auch nur ein Härchen krümmst …«, sagte ich mit belegter Stimme.

»Keine Bange«, erwiderte er. »Fürs Erste nicht. Bevor ich das tue, lass ich dich noch ein bisschen zappeln. Aber wenn du Steve tötest oder mir folgst …« Seine kalten, ungleichen Augen verrieten mir, was dann passieren würde.

Lachend schob sich das hakenbewehrte Scheusal an den Vampyren vorbei, ebenso an Gannen Harst und seinem Lord, und verschwand im zwielichtigen Dunkel des Tunnels hinter ihnen, nahm Debbie mit sich und überließ mich und die anderen auf Gnade und Ungnade den Vampyren.

Jetzt, da ich nichts mehr für Debbie tun konnte, wusste ich, was meine Aufgabe war. Ich konnte versuchen, meinen Freunden zu helfen, die von Vampyren umzingelt waren, oder mir auf eigene Faust den Lord der Vampyre vornehmen. Ich musste nicht lange überlegen. Meine Freunde konnte ich nicht retten, denn die Übermacht der Vampyre und Vampets war zu groß, und selbst wenn, hätte ich es nicht getan – der Lord der Vampyre war wichtiger. Das hatte ich kurzzeitig vergessen, als Steve Debbie gepackt hielt, aber jetzt gewann meine Ausbildung wieder die Oberhand. Ein Stück weiter weg lag

Steve immer noch bewusstlos auf dem Boden. Ich hatte keine Zeit, ihn endgültig zu erledigen – dazu würde ich hoffentlich später noch kommen. Ich schlich mich um die Vampyre herum, zog mein Schwert und wollte Gannen Harst und die Gestalt, die er beschützte, angreifen.

Harst erblickte mich, legte die Finger an den Mund und pfiff schrill. Vier Vampyre, die weiter hinten standen, sahen sich nach ihm um und folgten mit den Augen seinem Finger, der auf mich zeigte. Sie lösten sich aus dem Kampfgetümmel, verstellten mir den Weg und rückten gegen mich vor.

Ich hätte versuchen können, mich durch sie hindurchzukämpfen, aber dann sah ich, wie Gannen Harst zwei weitere Vampyre aus dem Gewühl abzog. Er übergab ihnen den Lord, woraufhin sie den Raum durch denselben Tunnel verließen, der auch R. V. zur Flucht verholfen hatte. Gannen Harst ließ die schwere Tür hinter ihnen zufallen und drehte an dem großen Zirkelschloss in ihrer Mitte. Ohne die richtige Kombination war es unmöglich, eine derartige Tür zu bezwingen.

Nun trat Vanchas Bruder hinter die vier Vampyre, die mir immer näher auf den Leib rückten. Er schnalzte mit der Zunge und die Vampyre blieben stehen. Harst blickte mir in die Augen und entbot mir den Todesgruß, indem er sich den Mittelfinger auf die Stirn drückte, die beiden Finger links und rechts davon auf die Augen legte und Daumen und kleinen Finger abspreizte. »Sei siegreich noch im Tod«, sagte er.

Ich blickte mich rasch um und machte mir ein Bild über den aktuellen Stand der Dinge. Rechts von mir tobte der Kampf unvermindert weiter. Mr. Crepsley, Vancha und Harkat bluteten aus etlichen Schnittwunden, doch keiner von ihnen war ernsthaft verletzt. Sie standen aufrecht, die Waffen in den Händen – abgesehen von Vancha, dessen Waffen seine Hände *waren* – und hielten den Ring der Vampyre und Vampets auf Abstand.

Die Sache war mir unverständlich. Bei ihrer zahlenmäßigen Überlegenheit hätten unsere Widersacher das Trio längst überwältigt und ins Jenseits befördert haben müssen. Je länger der Kampf andauerte, desto mehr Schaden richteten wir an; inzwischen waren mindestens sechs Vampets und drei Vampyre gefallen, etliche andere hatten lebensgefährliche Verletzungen erlitten. Trotzdem kämpften sie eher zurückhaltend weiter, führten jeden Schlag wohl überlegt aus, beinahe als hätten sie überhaupt nicht vor, uns zu töten.

Ich traf eine rasche Entscheidung. An Gannen Harst gewandt schrie ich unverfroren: »Ich bleibe siegreich *im Leben!«*, zog ein Messer und schleuderte es nach ihm, zielte aber absichtlich hoch.

Als sich die fünf Vampyre vor mir duckten, um dem Messer auszuweichen, wirbelte ich herum und drosch mit meinem Schwert auf die Vampyre und

Vampets ein, die sich dicht gedrängt um Mr. Crepsley, Vancha und Harkat scharten. Jetzt, da der Lord der Vampyre nicht mehr greifbar war, gab es nur noch eins: meinen Freunden beistehen oder mit ihnen untergehen. Letzteres wäre wohl auch bald eingetroffen, doch das Pendel hatte inzwischen wieder zu unseren Gunsten ausgeschlagen. Die Meute hatte sich um ein halbes Dutzend Kämpfer verringert – zwei waren zusammen mit dem Lord entwischt, vier weitere schützten Gannen Harst. Die verbleibenden Vampyre und Vampets hatten sich so verteilt, dass sie die durch die gefallenen Clanmitglieder entstandenen Lücken abdeckten.

Mein Schwert traf den Vampyr rechts von mir und verfehlte die Kehle eines Vampets zu meiner Linken nur knapp. Vampyr und Vampet wichen beide instinktiv im gleichen Augenblick zur Seite, und zwar in entgegengesetzter Richtung, wodurch sich ein Durchschlupf auftat. »Zu mir!«, schrie ich dem in der Mitte des Gemetzels gefangenen Trio zu.

Bevor sich die Lücke wieder schloss, brach Harkat mit wild schwingender Axt zu mir durch. Wieder machten die Gegner Platz, und Mr. Crepsley und Vancha folgten dem Kleinen Kerl, schlugen ebenfalls um sich und drehten sich so, dass sie alle in die gleiche Richtung blickten, statt wie zuvor Rücken an Rücken kämpfen zu müssen.

Wir zogen uns eilig in Richtung des Tunnels zurück, der aus der Höhle herausführte.

»Schnell – blockiert den Eingang!«, rief einer der vier Vampyre neben Gannen Harst und rannte selbst los, um uns den Weg abzuschneiden.

»Halt!«, sagte Gannen Harst ruhig, und der Vampyr blieb stehen. Er drehte sich verdutzt nach Harst um, doch der schüttelte nur grimmig den Kopf.

Ich wusste nicht genau, weshalb Vanchas Bruder seine Leute davon abhielt, uns den einzigen Fluchtweg zu versperren, aber ich hielt mich nicht damit auf, das Problem zu ergründen.

Als wir dem Ausgang zustrebten und dabei nach den Vampyren und Vampets hieben, die uns dicht auf den Fersen waren, gingen wir an Steve vorbei. Er war gerade wieder zu sich gekommen und hatte sich halb aufgesetzt.

Ich blieb vor ihm stehen, packte ihn am Haar und riss ihn hoch. Er jaulte auf und wehrte sich, doch als ich ihm die Schwertspitze an die Kehle setzte, verstummte er.

»Du kommst mit!«, zischte ich ihm ins Ohr. »Wenn wir sterben, bist du auch dran.«

Am liebsten hätte ich kurzen Prozess mit ihm gemacht, aber plötzlich erinnerte ich mich daran, was R. V. gesagt hatte – wenn ich Steve umbrachte, würde er Debbie töten.

Als wir die Einmündung des Tunnels erreichten, schlug ein Vampet mit einer kurzen Kette nach Vancha. Der Vampirfürst schnappte sich die Kette, zog den Vampet zu sich heran, packte ihn am Kopf und

wollte ihn gerade mit einem Ruck zur Seite drehen, um ihm das Genick zu brechen.
»Schluss jetzt!«, brüllte Gannen Harst, und die Vampyre und Vampets, die schon dicht zu uns aufgeschlossen hatten, hörten auf zu kämpfen und fielen zwei Schritt zurück.
Vancha lockerte seinen Griff, ließ seinen Vampet aber nicht los, sondern schaute sich misstrauisch um. »Was ist denn jetzt los?«
»Keine Ahnung«, sagte Mr. Crepsley und wischte sich Schweiß und Blut von der Stirn. »Aber sie kämpfen so merkwürdig, dass mich überhaupt nichts mehr wundert.«
Gannen Harst drängte sich durch die Vampyre, bis er vor seinem Bruder stand. Die beiden sahen einander nicht ähnlich. Im Gegensatz zu dem stämmigen, ruppigen und rauen Vancha war Gannen schlank, gepflegt und glatt. Trotzdem lag in ihrer Haltung und der Art, wie sie den Kopf neigten, eine gewisse Ähnlichkeit.
»Vancha«, begrüßte Gannen den abtrünnigen Bruder.
»Gannen«, erwiderte Vancha, ohne sein Opfer loszulassen. Auch die anderen Vampyre behielt er wie ein Habicht im Auge, falls einer von ihnen eine falsche Bewegung machte.
Gannen wandte sich Mr. Crepsley, Harkat und mir zu. »Wir sehen uns also wieder«, sagte er, »so wie es uns bestimmt ist. Beim letzten Mal musste ich eine

Schlappe einstecken. Jetzt hat sich das Blatt gewendet.« Er machte eine Pause und ließ den Blick über die schweigenden Vampyre und Vampets schweifen, dann über ihre toten und sterbenden Gefährten. Anschließend schaute er auf den Gang hinter uns. »Wir könnten euch gleich dort erledigen, in diesem Tunnel, aber ihr würdet zu viele von uns mit in den Tod nehmen«, seufzte er. »Ich habe genug von diesem unnötigen Blutvergießen. Wir wär's, wenn wir uns anderweitig einigten?«

»Wie denn?«, grunzte Vancha und versuchte, seine Verwirrung zu verbergen.

»Für uns wäre es einfacher, euch in den breiteren Gängen hinter diesem hier niederzumachen. Dort könnten wir euch wahrscheinlich erledigen, ohne noch mehr von unseren Leuten zu verlieren.«

»Ihr wollt, dass wir euch die Arbeit erleichtern?«, lachte Vancha.

»Lass mich ausreden«, fuhr Gannen fort. »Wie die Dinge stehen, könnt ihr nicht hoffen, lebend ins Freie zurückzukommen. Wenn wir euch hier angreifen, müssen wir mit großen Verlusten rechnen, doch ihr seid alle vier sichere Todeskandidaten. Wenn wir euch dagegen einen Vorsprung lassen ...« Seine Stimme erstarb, dann setzte er noch einmal an. »Fünfzehn Minuten, Vancha. Lasst eure Geiseln hier, ohne sie kommt ihr schneller voran. Ich gebe euch fünfzehn Minuten. Darauf hast du mein Wort.«

»Das ist ein Trick«, knurrte Vancha. »Du würdest uns niemals gehen lassen, jedenfalls nicht so.«

»Ich lüge nicht!«, erwiderte Gannen scharf. »Die Chancen stehen so oder so günstiger für uns, denn wir kennen diese Gänge besser als ihr und holen euch höchstwahrscheinlich ein, bevor ihr es in die Freiheit geschafft habt. Euch bleibt auf diese Weise immerhin eine Hoffnung ... Und ich muss nicht noch mehr von meinen Freunden begraben.«

Vancha warf Mr. Crepsley einen verstohlenen Blick zu.

»Was ist mit Debbie?«, rief ich, bevor einer der Vampire etwas sagen konnte. »Sie muss mit uns kommen!«

Gannen Harst schüttelte den Kopf. »Ich befehlige diejenigen, die sich in diesem Raum befinden«, sagte er, »aber nicht den mit den Haken. Sie gehört jetzt ihm.«

»Das interessiert mich nicht«, schnaubte ich wütend. »Wenn Debbie nicht mitkommt, gehe ich auch nicht. Ich bleibe hier und töte so viele von euch, wie ich kann.«

»Darren ...«, wollte Vancha protestieren.

»Lass ihn«, mischte sich Mr. Crepsley ein. »Ich kenne Darren. Reden hat keinen Zweck. Er geht nicht ohne sie. Und wenn er nicht geht, bleibe ich auch.«

Vancha stieß einen Fluch aus und blickte seinem Bruder offen ins Gesicht. »Da hast du's. Wenn sie nicht gehen, gehe ich auch nicht.«

Harkat räusperte sich. »Diese Narren sprechen nicht … für mich. *Ich* gehe.« Dann grinste er, um zu zeigen, dass er nur Spaß machte.
Gannen spuckte angewidert aus. Steve wand sich stöhnend in meinem Griff. Der Vampyr betrachtete ihn eine Weile und sah dann wieder zu seinem Bruder. »Ein anderer Vorschlag«, sagte Gannen. »R. V. und Steve Leonard sind gute Freunde. Leonard hat die Haken entworfen und uns überredet, ihn anzuzapfen. Ich glaube nicht, dass R. V. die Frau umbringt, wenn er damit Leonards Tod riskiert, trotz seiner Drohungen. Wenn ihr geht, könnt ihr Leonard mitnehmen. Sollte euch die Flucht gelingen, könnt ihr ihn vielleicht später gegen die Frau eintauschen.« Er blinzelte mich warnend an. »Mehr kann ich nicht für euch tun … Und es ist mehr, als ihr erwarten dürft.«
Ich dachte darüber nach, kam zu dem Schluss, dass es Debbies einzige Chance war, und nickte unmerklich.
»Ist das ein Ja?«, fragte Gannen.
»Ja«, erwiderte ich heiser.
»Dann geht jetzt!«, befahl er. »Sobald ihr euch in Bewegung setzt, läuft die Uhr. In fünfzehn Minuten kommen wir nach! Und wenn wir euch erwischen, seid ihr dran.«
Auf ein Zeichen von Gannen zogen sich die Vampyre und Vampets zurück und stellten sich hinter ihm wieder auf.

Gannen stand mit verschränkten Armen vor ihnen und wartete auf unseren Aufbruch.

Ich schob Steve vor mir her auf meine drei Freunde zu. Vancha hatte seinen gefangenen Vampet immer noch fest im Griff und packte ihn so, wie ich Steve umklammert hielt. »Ist das sein Ernst?«, fragte ich flüsternd.

»Sieht so aus«, antwortete Vancha, doch ich merkte, dass er es selbst nicht recht glaubte.

»Warum tut er das?«, fragte Mr. Crepsley. »Er weiß genau, dass unser Auftrag darin besteht, den Lord der Vampyre zu vernichten. Sein Angebot versetzt uns womöglich in die Lage, uns zu retten und erneut zuzuschlagen.«

»Es ist verrückt«, stimmte ihm Vancha zu, »aber es wäre ebenso verrückt, dem geschenkten Gaul ins Maul zu schauen. Lass uns abhauen, bevor er sich anders besinnt. Wir können später immer noch darüber diskutieren – falls wir diese Geschichte überleben.«

Mit dem Vampet als lebendem Schild zog sich Vancha zurück. Ich folgte ihm, einen Arm um Steve geschlungen, der jetzt wieder bei vollem Bewusstsein war, allerdings zu benommen, um einen Fluchtversuch zu unternehmen. Mr. Crepsley und Harkat bildeten den Schluss. Vampyre und Vampets sahen zu, wie wir den Raum verließen. In vielen der roten oder rot umrandeten Augen loderten Hass und Abscheu, doch keiner von ihnen folgte uns.

Wir gingen ein Stück in den Tunnel hinein, bis wir sicher sein konnten, dass wir nicht verfolgt wurden. Dann blieben wir stehen und wechselten fragende Blicke. Ich öffnete den Mund, um etwas zu sagen, aber Vancha kam mir zuvor. »Wir wollen keine Zeit verschwenden«, sagte er, drehte sich um, stieß seinen Vampet vor sich her und verfiel in einen leichten Trab. Harkat setzte sich ebenso in Bewegung und zuckte hilflos mit den Schultern, als er an mir vorbeikam. Mr. Crepsley zeigte auf mich, damit ich mit Steve als Nächster ging. Ich piekte Steve mit der Schwertspitze in den Rücken und animierte ihn damit zu einem recht flotten Tempo.

So trabten wir die langen, dunklen Gänge zurück in Richtung Oberfläche, die Jäger und ihre Gefangenen, geschlagen, blutverschmiert, mit blauen Flecken übersät und ohne jeden Plan. Ich dachte an den Lord der Vampyre, den verrückten R. V. und seine unglückliche Gefangene – Debbie. Es riss mir fast das Herz aus dem Leib, sie zurücklassen zu müssen, doch wir hatten keine andere Wahl. Später – falls ich am Leben blieb –, würde ich mich auf die Suche nach ihr machen. Bis dahin durfte ich nur an mein eigenes Überleben denken.

Es kostete mich große Anstrengung, alle Gedanken an Debbie zu verdrängen und mich auf den Rückweg zu konzentrieren. In meinem Hinterkopf jedoch tickte hartnäckig eine Uhr, deren Zeiger mit jedem meiner Schritte vorrückten, unsere Gnadenfrist verkürzten und uns unbarmherzig dem Augenblick näher brachten, in dem Gannen Harst seine Spießgesellen hinter uns herhetzen und damit die Höllenhunde von der Leine lassen würde.

FORTSETZUNG FOLGT …

Werden die Jäger die Nacht überleben?
Oder werden sie Opfer der
Flammen der Verdammnis?

Grelles Scheinwerferlicht wurde auf das Fenster gerichtet, um uns zu blenden. Vancha fluchte wüst, während wir anderen einander unsicher ansahen und darauf warteten, dass jemandem einfiel, wie wir vorgehen sollten.

Eine megafonverstärkte Stimme unterbrach unsere Überlegungen: »Ihr da drin!«, plärrte sie. »*Ihr Mörder!*«

Vancha eilte zum Fenster und schob das Rollo ein Stück zur Seite. Sonnenstrahlen und Scheinwerferlicht fluteten herein. Vancha ließ das Rollo wieder los und brüllte: »Macht das Licht aus!«

»Kommt nicht infrage!«, gab die Megafonstimme lachend zurück.

Vancha blieb einen Moment am Fenster stehen und überlegte, dann nickte er Mr. Crepsley und Harkat zu. »Überprüft die Flure über und unter uns. Stellt fest, ob sie bereits im Gebäude sind. Reizt sie nicht! Wenn die da draußen zu schießen anfangen, reißen sie uns in Fetzen.«

Mr. Crepsley und Harkat gehorchten wortlos und waren nach einer Minute wieder zurück.

»Sie haben die beiden Stockwerke … über uns besetzt«, berichtete Harkat.
»Die beiden unter uns auch«, sagte Mr. Crepsley grimmig.
»Dann müssen wir mit ihnen reden«, meinte Vancha. »Herausfinden, wie es um uns steht, und womöglich ein bisschen Zeit schinden, damit wir in Ruhe nachdenken können. Geht jemand freiwillig?« Niemand antwortete. »Dann bin ich wohl der Unterhändler. Aber wenn es schief geht, schiebt nicht mir die Schuld in die Schuhe.« Ohne das Rollo hochzuschieben, rief er den Menschen unten zu: »Wer seid ihr, und was wollt ihr?«
Nach einer kleinen Pause meldete sich die gleiche Stimme wie zuvor über Megafon: »Mit wem spreche ich?«, fragte sie. Diesmal hörte ich genau hin und erkannte, dass es eine Frauenstimme war.
»Das geht Sie nichts an!«, brüllte Vancha.
Wieder eine Pause. Dann: »Wir kennen Ihre Namen. Larten Crepsley, Vancha March, Darren Shan und Harkat Mulds. Ich will nur wissen, mit wem von Ihnen ich gerade rede.«
Vancha klappte vor Staunen der Unterkiefer herunter.
»Sag ihnen, wer du bist«, flüstert Harkat. »Sie wissen zu viel. Am besten tun wir so, als … ob wir auf ihre Forderungen eingehen.«
Vancha nickte und rief dann durch das Loch im Fenster: »Vancha March.«

»Hören Sie zu, March«, rief die Frau. »Ich bin Hauptkommissarin Alice Burgess. Ich leite diese Freak Show hier.« Eine ironische Wortwahl, doch keiner von uns kommentierte sie. »Wenn Sie verhandeln wollen, dann verhandeln Sie mit mir. Aber ich warne Sie! Ich bin nicht hier, um irgendwelche Spielchen zu spielen. Ich habe zweihundert Männer und Frauen hier draußen und drinnen im Haus, die nur darauf warten, Sie mit einer Kugel durchs Herz ins Jenseits zu schicken. Wenn wir auch nur vermuten, dass Sie uns reinlegen wollen, gebe ich den Befehl, das Feuer zu eröffnen. Verstanden?«

Vancha bleckte die Zähne und knurrte: »Verstanden.«

»Gut so«, erwiderte Kommissarin Burgess. »Wir gehen folgendermaßen vor: Sie kommen herunter, einer nach dem anderen. Wenn Sie eine Waffe tragen oder eine unerwartete Bewegung machen, sind Sie erledigt.«

»Lassen Sie uns drüber reden!«, rief Vancha.

Ein Gewehrschuss ertönte, und mehrere Kugeln ließen den Verputz des Gebäudes aufspritzen. Fluchend und keuchend warfen wir uns auf den Boden, obwohl es dafür keinen Grund gab. Die Scharfschützen hatten absichtlich zu hoch gezielt.

Als das Jaulen der Kugeln abgeklungen war, richtete Alice Burgess wieder das Wort an uns. »Das war eine Warnung. Unsere letzte. Beim nächsten Mal zielen wir richtig. Kein Gequatsche und keine Verhandlungen. Wir geben euch eine Minute, dann holen wir euch raus.«

Eine beklemmende Stille senkte sich über uns.

»Das wär's dann«, murmelte Harkat, nachdem ein paar Sekunden verstrichen waren. »Das Spiel ist aus.«

»Nicht unbedingt«, sagte Mr. Crepsley leise. »Es gibt noch einen Ausweg.«

»Welchen denn?«, wollte Vancha wissen.

»Das Fenster«, sagte Mr. Crepsley. »Wir springen. Damit rechnen sie nicht.«

Vancha wog den Plan ab. »Der Sprung ist nicht das Problem«, grübelte er. »Aber was machen wir, wenn wir unten sind?«

»Wir huschen«, sagte Mr. Crepsley. »Ich trage Darren. Du nimmst Harkat. Es wird nicht leicht, vielleicht knallen sie uns ab, bevor wir Huschgeschwindigkeit erreicht haben, doch mit etwas Glück könnte es gelingen.«

»Es ist verrückt«, knurrte Vancha und zwinkerte uns zu. »Trotzdem gefällt mir die Idee!«

»Die Zeit ist abgelaufen!«, rief Alice Burgess durch ihr Megafon. »Kommen Sie sofort heraus, oder wir eröffnen das Feuer!«

Vancha grunzte, überprüfte seine Shuriken-Gurte und zog den Fellumhang enger um sich. »Fertig?«, fragte er.

»Fertig«, antworteten wir.

»Harkat springt mit mir«, sagte Vancha. »Larten

und Darren, ihr direkt hinterher. Wartet einen Augenblick, damit wir uns aus dem Weg rollen können.«

»Glück zu, Vancha«, sagte Mr. Crepsley.

»Glück zu«, gab Vancha zurück, grinste verwegen, gab Harkat einen Klaps auf den Rücken und sprang, wobei er das Rollo mit sich riss, ins Freie. Harkat folgte ihm auf dem Fuß. Mr. Crepsley und ich warteten den vereinbarten Moment und setzten dann unseren Freunden durch die gezackten Scherben der Fensterscheibe nach, plumpsten wie zwei Fledermäuse ohne Flügel nach unten und landeten mitten in dem Hexenkessel, der uns dort erwartete.